アシタノユキカタ

小路幸也

祥伝社文庫

1

玄関開けたら、雨が降り始めて焼けたアスファルトに染《し》み込んでいく匂いと一緒に、派手なおねーちゃんが立っていた。

どう見ても、キャバクラ勤めの。

あ、これから出勤なんですー、って風情《ふぜい》で。

縦巻きロールでさ、盛っててさ、目元ムリヤリパッチリでさ。

でも顔立ちは悪くないんじゃないかって思ったよ。

こんなにゴージャスな化粧しなくたってそこそこイケるんじゃないかね。タッパは意外とあるのかな、ピンヒール履《は》いたら一七〇ぐらいいくんじゃないか。スタイルはそこそこ良さそうだから別の仕事もできるんじゃないかなぁ。派手なドレスの上に無茶苦茶地味で古くさいしかもサイズがでかいトレンチコート引っかけてるのはどうしてかね。小雨が降ってるのは確かだけど何か事情があるのか、あるいは男とかヒモとかの持ち物なのか。どっちにしても、大した金はないなこの女。そういうのはすぐ匂いでわかるからな。そして足元のその大きなボストンバッグはなんだ。どこかへ旅行にでも行くのか。

そこまで、一秒半で考えた。

「えーと」

誰だこの女。

そもそもこの部屋に、キャバクラの姉ちゃんが訪ねてくるはずがなくって、かなり面食《めんく》らったのは事実。姉ちゃんはちゃらちゃらキラキラした、でもこれも少し年数が経っているあるいはバッタもんのゴージャスなバッグを腕に引っかけたまま、身体を横にして何度か確かめている。

表札を。

「片原修一《かたはらしゅういち》さんの部屋よね？」

「そうですが」

間違いなく、片原修一の部屋です。

まじまじと俺を見る。ぐっと顔を近づけてくる。たぶんカラコンの入った大きな眼がじっと俺を見る。近眼なのか。そして激しい香水の匂い。

あ、これ俺のダメな感じの香水だ。なんだっけ、ゲランだったっけ。

「ふぅうん？」

ふぅうん？

なんだその人を値踏みするような眼付きは。そして（なーんだちょっとイメージと違うかもー）って感じの声は。思わず地が出そうになるのをぐっと堪《こら》えて口を開かずに、待った。物静かな人間はこういうときには沈黙を是《ぜ》とするんだ。

キャバクラの姉ちゃんは、ニコッと笑って頭をちょっと斜めにしながら下げた。

「ごめんなさぁい突然お邪魔しちゃって。アリサって言いますぅ」

「アリサ、さん？」

それはあれだろ。本名じゃなくて源氏名ってやつじゃないのか？　いや本当にアリサって名前なら申し訳ないけど。

そしてアリサちゃんさ、思いっきり若作りしていてそれはある程度は、つまりキャバクラで働いているそこそこ若い子に見せかけるってのは成功しているけれどさ。あんた、けっこう年イッてるよね。二十代後半だろう。俺の眼はごまかせないよ。

そこで、初めて気づいた。

彼女の後ろに隠れるようにして存在している身体。

いや背後霊とか幽体とか妖怪とかそういう類《たぐ》いのものじゃなくて、人間の。

（女の子？）

ひょい、と顔を出した。

こっちを見た。

何歳ぐらいかな。小学生の女の子にはまるっきり縁がないからよくわからないけど、小学校の三年生とか四年生とかそんなもんか。

つまり、十歳ぐらいの女の子。

可愛い子だよ。うん、これはもう掛け値なしに可愛い女の子。その辺の芸能事務所の連中が子役とかアイドル候補にスカウトしたくなるぐらいに。

歩いてきて汗をかいたのか肩ぐらいまでのストレートの黒髪がおでこに張り付いている。ちょっと伸びっ放しでおかっぱぽくなっちゃっているけど、たぶん美容師さんにきちんと切ってもらった髪形。グリーンのラインが入ったスニーカーと、これもグリーンが入ったワンピースもいいね。何ていうデザインかわかんないけど、レース風の裾《すそ》の飾りもよく似合ってる。畳《たた》んだ傘もなんだかちっちゃくて可愛いぞ。背中に背負ってるバッグには自分の荷物が入っているのかな。眼が大きくてその瞳がやたら澄《す》んでいてきれいで、いやもうこのキャバクラの姉ちゃんの世間の垢《あか》にまみれ、裏を見つめ過ぎて濁《にご》った瞳を見た後に見たらもう。

マジ天使。

そして、記憶の底から何かがゆっくりとぼんやりと湧き上がってくるのを感じていた。

この子は。

「ほら、あすか、ご挨拶《あいさつ》は?」

あすかちゃんか。うん、良い名前だ。雰囲気にも合ってる。

「こんにちは」

ちゃんと陰から出て来て、ぺこん、って頭を下げた。

「はい、こんにちは」

知らないおじさんにいきなり会わされてね、嫌だよね。でもきちんと挨拶してくれたからニコッと笑ってあげる。で、俺をじっと見てる。真っ直ぐな瞳でさ。俺もね、この姉ちゃん以上に汚い大人たちがうごめく世間の垢にまみれちゃってるから、そんな眼で見られると辛いんだけどさ。

「そういうわけでぇ」

いやどういうわけだよ。

「ちょっとお話をしたいんですけどぉ、中に入れてもらえます?　もう暗くなってきたし雨も激しくなってきたしぃ、立ち話できる内容でもないんでぇ」

姉ちゃんはニッコリ微笑《ほほえ》む。まぁ顔立ちは悪くないから、その笑顔にコロッとイッてしまうおっさんがいるのは判るけどさ。

「いえ、あの」

言うと、姉ちゃんは頭を斜めにして肩をちょっと上げて微笑んでかわい子ぶる。まぁ安アパートの二階の廊下はね、確かに吹きっさらしで雨が吹き込んでくるよね。いくら夏だからって濡れるのは嫌だし、あすかちゃんも可哀想だよね。

だけどさ。

「あの、どういう御用件でしょうか？　僕はまったくあなたのことも、その子のことも知らないのですが」

こんなご時世でも、見知らぬ他人をいきなり部屋に上げるバカは確かにいるんだけれども、少なくとも俺はそういうバカじゃない。

姉ちゃんは、アリサちゃんは、うんうん、と頷《うなず》いた。

「ですよねー。でも、あたしとこの子は知らなくても、鈴崎凜子《すずさきりんこ》は知ってるでしょ？　覚えてますよね？」

鈴崎凜子。

記憶の奥底からその名前がいきなり浮かんできた。

「あ」

「ね？　知ってるでしょ？　覚えてるでしょあなたの教え子だった鈴崎凜子。で、このあすかは、その凜子の子供なんですぅ」

え？

子供？

鈴崎凜子の？

そうか。

それか。

☆

キャバクラの姉ちゃんはともかく、小学生の女の子と一緒にいたことなんかないから、何を出していいものやら。

「えーとあすかちゃんは、牛乳にココア入れて、アイスココア作ってあげようか？　いいかな？」

ジュースとかあれば良かったけどないし、雨が降ってるからコンビニ行くのは嫌だし。台所から居間に顔を出してそうやって訊いたら、じーっと俺を見て、こくんと頷いた。うん、良い子だ。そして可愛いね。

「あ、あたしはアイスコーヒーとかダメなんで、もしあったらアイスティーでもぉ」

俺は暑い夏でもホットコーヒーを飲むのが好きなんだよ。そしてコーヒーならさっき落としたばかりのがポットにあって楽なんだよ。そしてなんだよアイスティーってめんどくさいものを。

まぁいい。とりあえず家の中に招いた以上はお客様だ。そしてこの姉ちゃんが鈴崎凜子の知り合いなら、まずはきちんと礼は尽くしてあげよう。

牛乳の賞味期限を確かめて、深めのボウルに入れる。そりゃあグラスに牛乳入れてココア入れて砂糖も入れて搔《か》き混ぜればそれっぽくなるけどさ、ダマになっちゃうだろ。イヤなんだよ俺は。お手軽に済ませるのがさ。自分用ならまだしもお客様にあげるものはきちんと手間を掛けたいじゃないか。そしてお蔭《かげ》様で若い頃は喫茶店のバイトもしたからちゃんとした作り方も知ってるんだよ。

チョコレートソースもあるからそれを入れて泡立て器で搔き混ぜ過ぎないように混ぜる。そこにココアを投入してこれも泡立たないようにゆっくりしかし手早く混ぜる。ココアの粉がダマになっちゃあ美味《おい》しくないんだ。

「よし」

これでオッケー。アイスティー用に鍋《なべ》のお湯もちょうど沸《わ》いた。アイスティーはな、濁らないようにするのがいちばん難しいんだ。残念ながらこの家に紅茶の葉はないので、そこはティーバッグで我慢してもらおう。ティーバッグをあえて茶こしに入れて、お湯に入れる。ゆっくりと紅茶が染み出してくる。この濃さが重要なんだ。そしてさらに氷をたっぷり入れたグラスにあらかじめ少しのお湯で蒸《む》らして葉を開かせておいたティーバッグを入れる。そこに出来上がった紅茶を注ぐ。この二段階で紅茶を出して、さらに注ぎ方にコツがいるんだ。

「オッケー」

久しぶりに作ったにしちゃ上出来だ。普通の氷だから多少濁るのはしょうがない。ガムシロップは幸い冷蔵庫の中にいくつかあるのでそれを持っていこう。

ガラス戸の向こうの、古くさい卓袱台《ちゃぶだい》のところで二人が何やら話しているのが聞こえてくる。「狭《せま》くて暑い部屋ねー」とか「大丈夫」とか「でもきちんと片づいてるわよね」とか「何か汚い部屋ねー」とか、小声で言い合ってる。狭くて暑くて汚い部屋は大きなお世話だが、姉ちゃんだって二十代後半の女性のちゃんとした口調じゃないか。そうやって話せるなら、これ持っていったら普通に話せよ。

まぁ、二人に、特におかしなところはない。

互いに知り合いのお姉さんと子供であることは間違いないな。未成年略取とかの犯罪ではなさそうだ。

でも親子じゃないのは確かだ。

親子ならちゃんとそういう雰囲気は醸《かも》し出されるからな。特に子供の方に。あすかちゃんは、確かにあの姉ちゃんに懐《なつ》いてはいるけれど、明らかにお母さんと一緒にいる子供の雰囲気ではない。

（鈴崎凜子、か）

考えた。

記憶の底から彼女のことを引っぱり上げる。

子供を産んだのか。

そうだよな。俺の記憶が確かなら彼女はもう二十九歳ぐらいか。もしあすかちゃんが十歳ぐらいなら、高校出てすぐに産んでいれば、たぶん計算は合う。

ただ、少なくとも高校時代の鈴崎凛子は、卒業してすぐに子供を産むような感じではなかったと思ったけどな。

彼女に何があったのか。

お盆にアイスココアとアイスティーと俺のコーヒーを載せて、狭い部屋に戻る。

「どうぞ。あすかちゃん」

「ありがとうございます」

ぺこんとお辞儀をする。ちゃんと自分から言ったね。部屋の中に入って少し落ち着いたかな。

「暑いよね。扇風機回すね。どうぞ、アリサさんもアイスティーを。安物ですし生憎《あいにく》レモンはないですけど」

「どうもぉーすみませんねぇ。いただきます」

「いや、でね？」

「はい？」

ニッコリ笑うアリサさん。そのゲランの香水は苦手なんだよ。

「お話を伺《うかが》う前に、本名を聞かせてもらえませんか。そして、お店用じゃなくて普通に喋《しやべ》ってもらえませんか。他人の子供を連れて来たってことは何かしらかなり込み入った事情なんですよね？　でしたら、お互いに最低限の礼儀というものを尽くして、その上で腹蔵《ふくぞう》なくお話ししませんか」

そう言ったら、アイスティーをこくり、と一口飲んで、そしてコップについたルージュをそっと指で拭《ふ》きとって彼女は小さく頷いた。

ゆっくりとコップを置く。

「さすが、高校の先生ね。難しい言葉を使って理路整然と話すのね。わかりました。その通りですね」

すっ、と背筋を伸ばした。やればできるんじゃん。

「あらためて初めまして。三芳由希《みよしゆき》と言います。凛子とはもう十年近くの付き合いになります」

親しい友人ってことか。それじゃあ、鈴崎凛子も一緒にキャバクラで働いたりしているんだろうか。でもそれはますますイメージが違うな。

三芳由希さんね。

良い名前じゃん。

「でもねぇ」

あらまた口調と態度が変わったよ。

「まぁあたしも見ての通りそんなお嬢様育ちでもないし若くもないしね。これが普通なんだけど、こんな感じでいいかしら？」

ちょいとはすっぱな感じですが、まぁいいだろう。かしこまられるよりは。あぁ煙草《たばこ》が吸いたい。でも子供の前では我慢。

「どこから話そうかしら」

「わかりませんけど、単刀直入に話すのがいちばんじゃないでしょうか。もったいつけるよりも」

「話早いわね。その通りね。じゃあ片原先生。すみませんけど、この子、あすかを凜子のところまで連れて行ってくれないかしら。それを頼みに来たのよ」

「はい？」

連れてくって。

「どこへ？　いやその前に、どうして僕が？」

「熊本県よ」

熊本県って。

「九州以外に熊本県があるのなら知りたいわ」

ないよ。

「九州のですか？」

「鈴崎凜子さんは九州に？」

「そう言ってるでしょ。はいこれ」

持っていたバッグの中から紙を取り出して丁寧《ていねい》に広げてからこっちへ向けた。

「彼女の実家の住所と電話番号、それから凜子の携帯番号だけど、電話しても出ないわよ。入院中だから。病院の住所と病室の番号も書いてあるわ」

「入院中？」

そうなの、と三芳由希が言って、表情を変えた。友人を心配する顔だ。

「ほんっとうにあの子ったら」

溜息《ためいき》をつく。おでこに手を当てる。

「どうしてなのかなぁ。あんなに毎日一生懸命働いて真面目に生きているのに、どうしてあの子にばっかり不幸がやってくるのかしら。神様なんていないわよね。ねぇそう思わない？　神様がいたらこんな理不尽な仕打ちなんかしないわよね」

「いや」

まぁ神様がいるとは思ってはいないが、世の中理不尽だってのはよく知ってる。しかし、今の話の流れでは。

訊こうと思ったけど、どうなんだ。子供のいる前で話していいのか。全部知っているのか。

「その、凜子さんは入院しているんですね？」

「そう言ったわよね」

「容体はどうなんですか？　いや子供の前で言い辛いならいいですけど」

「あぁ」

少し微笑んで頷いた。

「ごめんなさいね、ちょっと大げさに嘆《なげ》いちゃったけど、心配はないわ。婦人科の病気でね。ちょっとばかりタチは悪いけど命にかかわるようなものじゃないから。たぶん一週間か十日ぐらいの入院で済むと思う」

「そうですか」

そりゃまぁ良かったけど。

「だからね、本当なら二、三日あたしがあすかを預かる予定だったんだけど、凜子は入院になっちゃったんで、熊本まで連れて来てほしいって言うのよ。夏休みだしね。まぁねぇ、飛行機に乗っけちゃってよろしくねーってこともできるんだけど、凜子が入院中で空港に迎えに来られないでしょ。だからね」

「ご実家のある熊本にいるのなら、凜子さんのご家族があすかちゃんを迎えに来られるんじゃないですか？」

「だ・か・ら、それで済むんならあんたに頼みに来るはずがないじゃないの。それをやられちゃあ困るから、凜子はあたしに頼んできたし、あたしはあんたに頼みに来たのよ」

よーしようやく話が戻ったな。

「そこです」

「どこよ」

後ろを振り返りやがったよこの女。

「いや場所じゃなくて、それです」

「どれよ」

卓袱台を見回すな。誰に向けての漫才だこのアマ。いやしかし、あすかちゃんが笑ってる。ウケたウケたーってお前由希さんよ、俺を嘗《な》めてないか。まぁ子供が笑うのは可愛いからいいんだけどさ。

「僕のところに来た理由ですよ。全体的には何となくですが把握《はあく》しました。事情があって実家に帰った凜子さんは、これもよんどころない事情があってあすかちゃんを連れて行けないのであなたに、親しい友人である由希さんに世話を頼んだ、と。ほんの一日二日、あるいは三日で帰ってくるつもりだったから」

「そうよ」

「しかし、何の因果《いんが》か向こうで病気になってしまった。まったく間《ま》が悪いですよね。すぐに帰ってくるつもりだったのにしばらく入院しなきゃならない。そうなると、仕事もあるあなたにあすかちゃんを預けっ放しというわけにもいかないから、こっちに連れて来てほしいと凜子さんに頼まれた、と」

「その通り。さすが教師。理解が早いわね」

「でも、連れて行くも何も、あすかちゃんはもう充分に一人で行動できる年齢だ。あすかちゃん、何年生？」

「四年生です」

四年生ってことは。

「十歳？」

「そうです」

うん、元気が出てきたね。この状態に慣れてきたかな。声に力が入ってきた。

「十歳なら、いくら日本の北の北海道から南の九州までのとんでもない長距離とはいっても、空港でCAのお姉さんに頼んで一人で飛行機に乗って向こうに行けるでしょう。そうして凜子さんが迎えに来られないなら、実家の誰かに来てもらえばいい。しかし、人にはおいそれとは言えない事情があって凜子さんはそれもしてほしくはない。直接、自分のところに、病室にあすかちゃんを連れて来てほしい」

「その通り」

拍手をするな。

「それは、わかりました」

理解した。人生って本当にいろいろあるよな。それは身に沁《し》みてわかってるさ。凜子さんの今の境遇《きょうぐう》はまだ把握していないけど、高校卒業してすぐに子供産んでそして一人で育てているっていうので大体わかる。

そして、このあすかちゃんは、ちゃんと育てられている子供だっていうのはもうわかった。大人が話していても嫌がらないでじっとしてる。きちんと背筋を伸ばして座って、自分の立場を理解してる。それでいて、おどおどしていたり、虐《しいた》げられてきたってところもまったくない。

何よりも、とても賢そうな子供だ。実際そうなんだろう。

それだけで、鈴崎凜子さんは、娘を愛して一生懸命育ててきて、そして二人で一緒にしっかりと生きてきたってことがわかる。

まずは、そこは、理解した。

で、だ。

「何故、あなたは僕のところに来たんですか？　そこがそもそもわからないっていうか、おかしいですよね?」

片原修一は確かに鈴崎凜子が通った高校の教師だった。高校二年生から三年生の二年間、担任だった。それは、間違いないけど。

「鈴崎凜子さんとは卒業以来会っていないし、連絡もしたことない。年賀状こそ卒業してから二年は届いて返事も出していたけれど、それも来なくなった。結婚したことも子供を産んだことも、何も知らなかった」

「でも、覚えていたんでしょ? 一人の女生徒のことを。先生は教師になって何年?」

「えーと」

大学卒業して一年で幸いにも教師になれたんだから、十五年か。

「十五年」

「その間に担任した生徒は何人ぐらいいるの? 十年間担任やったとしても、まぁ軽く三百人やそこらはいるって計算になるわよね。担任だけじゃないんだから、あんたの教え子なんてもう千人や二千人はいる計算になるでしょ?」

「そう、ですね」

計算上はそうなる。

「その中の、もう十年も前の生徒だった鈴崎凜子のことを、あなたは覚えていた。名前を聞いただけで思い出して、しかもいかにも怪しい雰囲気のあたしをすぐに信用して部屋に上げてくれた」

　三芳由希さんは、ぐいっ、と顔を前に出した。真面目そうな顔をする。そういう顔をすると眼に光が入る。

　この女、はすっぱでバカな女を装《よそお》ってるけど、そうじゃない。

「あたしはね、子供の前で言うのは教育上よろしくないからやわらかーく言うけれど、高校時代に凜子とあんたは特別な関係にあったんじゃないかって思ってるのよ」

　特別な関係か。

　まぁ、そういうふうに表現するならそうかもしれないな。

　彼女が、つつつ、と膝《ひざ》を進めながらこっちに近寄ってきて、にいっ、と笑った。

「耳」

　くいっと指を曲げて、耳を寄せてこいと。まったく。まぁ何を言うのかは予想がつくけど、とりあえず聞いておく。

　彼女は俺の耳に口を寄せてきて、あすかちゃんに聞こえないように囁《ささや》いた。

「あたしはね、あすかの父親はあんたじゃないかって疑ったぐらいなんだからね。まぁ凜子は否定してるけどさ」

　耳を離して、顔を顰《しか》めて、首を横に振ってやった。

「とんでもない」

「そうよね」

三芳由希は、あぁもう由希でいいや、肩を竦《すく》めてまた膝をつつ、と進めてあすかちゃんの横に戻った。

「でも、そう思われてもしょうがないことをやった覚えはない？　プラトニックだったって話だからないとは思うんだけど、でも、それでも、心の関係は、身体を重ねるより強い積み重ねが二人の間にあったんでしょ？」

心の関係。強い積み重ねか。

なかなか上手《うま》いことを言う。

「全部、聞いてるのよ。あたしも、もちろん、あすかもね」

◆

凜子の家庭環境は覚えているでしょ？

そうよ、あの子高校生なのに一人暮らししていたんだってね。それもお母さんが後妻に入ったからってことなんでしょ？

親父さんが熊本で会社を二つも三つも持っててね。金持ちなのをいいことにもう高校生の娘と一緒に暮らすのはめんどくさいとか言ってマンション与えて熊本に呼ばないでそのまま札幌《さっぽろ》で一人暮らしさせてね。

ひどいわよねぇ、どんだけ自分のことしか考えてないんだって怒ったわよ。

会ったことあるの？

凜子のお母さんに？

どんな人だったのよ。顔は覚えてないってそりゃそうよもう十年も経ってるんだし。印象だけでもいいわよ。写真なんか見たことないわよ。凜子はそういうの嫌がっていたし。

ふーん、顔は似てるんだ。凜子に。

性格は？

あぁ、気の弱そうな、男になんか言われたらそれに従っちゃう感じね。

愛人気質？

そんなのあるのかしら。まぁあるかもね。

あぁ大丈夫よ。この子はね、ずっと何もかも聞いてきたの。いつでも凜子と一緒だったから否応無しに聞いちゃうのよ大人同士の話を。

そういうのはあまり良くないとは思うけど、しょうがないわよね。

でも、あの子もね、凜子の話よ。

一人でも大丈夫な子だったのよね。そうそう、あんな繊細そうな顔してるのに、どっか抜けてんのよね。楽天家っていうかさぁ。あ、やっぱり先生もそう思ってたんだ。そうよねぇ、おかしいっていうか、おもしろいわよねあの子。先生がその頃住んでたアパートと、あの子の住んでたマンションがめちゃ近かったのよね。

あ？　大家同士が日照権で揉《も》めたの？

なんだそんなに近かったのね。ほとんどお隣さんじゃない。

凜子言ってたわー。

先生が部屋を出るのをベランダから確認してから自分も部屋を出ると、ちょうど豆腐屋の角で先生と一緒になるんだって。

でしょ？

二年間ほとんど一緒に通ったんでしょ？　あぁもちろん通学路だからね。他の生徒もたくさんいたんだろうけどさ。そりゃ先生と生徒が二人きりで登校していたら問題にされるわよ。

あの子ね、その時間を本当に大切にしていたみたいよ。

先生と待ち合わせしているみたいな、朝のほんの五、六分の時間。

ふーん、やっぱりそうなんだ。

ね、それっていつごろ先生は意識したの？　凜子をさ、まだ十七歳とかの女の子を意識したってことでしょ？　あなたが二十八、九歳ぐらい？　どうなのよそれ教師として。

まぁね。

凜子も言ってたわ。そういう、恋愛感情とかで括《くく》れるようなものじゃなかったって。そんところは、あたしにはちょっと理解しにくいんだけどさ。

親子？　それは年が近過ぎるでしょ。

あら。

ごめんなさい、それは随分《ずいぶん》大変なことがあったのね。プライベートなことを蒸《む》し返しちゃって悪かったわね。

そうなんだ、お父さんもお母さんも妹さんも、家族が一緒に事故で亡くなっちゃうなんてね。

それは、ごめんね、言葉悪いけど、キツかったわね。

先生が何歳のとき？　高校生？

それは、本当に、悲しかったわね。ごめんなさいね。いやだあたしもそういうのに弱いからさ。

それでか。

それで、凜子にシンパシーを感じていたのね。優しくしてくれる親がいないってことに。

凜子は、似てたの？

妹さんに？　あぁお母さんにもね。

先生にも、複雑な思いがあったのね。凜子に対して。

それは凜子に訊いてなかったけど、もちろん知ってたのよね？　凜子は。そうね、知ってておいそれと人に言えることじゃないわね。

うん、そう。

凜子も親の姿を、というか、保護者よね。

自分を包み込むようにして、優しく見守ってくれる人。ただただ、優しい人。

それが先生だったんだよね。色恋なんかまったく感じさせないで。

先生にとっては、凜子は妹のようでもあり母親のようでもあり、亡くなってしまった自分の家族を重ねていたんだ。

そうかぁ。

そういうことかぁ。

言ってたよ凜子。

風邪をひいて、それをこじらせちゃうと必ず先生がこっそり誰にも見つからないように部屋を訪ねてきて、お粥《かゆ》を作ってくれたって。バナナや桃の缶詰やヨーグルトもたくさんコンビニで買ってきて置いといたんでしょ。

部屋に来てくれるのは、そういうときだけ。

だから、風邪をひくのが嬉しかったって。

そうよね、教師が一人暮らしの女生徒の部屋に行ってるなんてバレたら大変よね。まぁ二年間もバレずにうまくやっていた先生と凛子に感心するわ。

あれ、なんだっけ？　双眼鏡？　そうよ聞いてるわよ。

具合が良くなったかどうかを、お互いに窓から双眼鏡で確認し合ったんですって？　笑っちゃうわよ。わかんないわよ、そんなの。

電話で確認すればすぐなのに、喋り過ぎると、親しくなり過ぎるとそれが雰囲気に出てしまって、周囲にわかってしまうってさぁ。

先生も凛子も、真面目過ぎるわよ。

まぁそうね。

二人でいるのが楽しくたって、幸せな時間だったとしても、周囲にそれがわかっちゃったら大変な騒ぎになるもんね。

自分たちのせいで周りの誰かが傷つくことだってあるのよね。先生は、先生だし。教師として信頼している生徒もたくさんいただろうし、その子たちがそういう関係を知ったら、そりゃ傷つくわよね。

まぁそりゃあわかるけどさ。

あんたたち二人って、似てたのね。

周りに気を遣《つか》って。

なんか、先生にも話を聞いて、実感できたわ。

あんたたちって、本当に心だけで、気持ちだけで、繋がっていたのね。お互いにお互いを支え合っていたのね。

そんな話が本当にあったって確かめられただけで、なんか、嬉しいわ。良かった。

◆

「で、どうしてここに来たかって？　そんなの決まってるじゃない」

由希の顔が、マジになった。いや表現が悪かった。

真剣な表情を見せた。これは、人が人生の中で一回はする、本当に、心の奥の心情を吐《と》露《ろ》するときの顔だ。

「あなたに、先生に、凛子を助けてほしいからよ。だから、あたしはここに来たのよ」

「助けるって」

「あの子には、誰か傍《そば》についていてあげる人が必要なの。あの子ね、あすかを産んでからずっと一人なのよ。もう誰かを愛することなんかないって言ってるのよ。まだ二十九よ？　全然これからなのよ？　それなのにさぁ」

確かに。二十九っていう年齢は若い女にオバサンなんて呼ばれてもしょうがない年齢だが、これから続く人生を考えるのなら、全然若い。

人生をやり直すのには充分過ぎるほど若いと、それには同意する。

「その」

「なに」

あすかちゃんをちらっと見た。

「この子の、あすかちゃんの父親というのは」

そこをまだ聞いてないんだけどな。まぁ聞かなくても何となく察することはできるけれど。

由希が、溜息をついた。

「死んじゃったって話よ」

「死んだ」

「事故で、死んでしまったって。凛子の言葉をそのまま信じるならね。あたしが凛子に出会う前の話だから確かめようもないんだけどさ。凛子、あすかの父親のことはまったく話さないのよ。ただ、信じて、この子を産んだってことだけで。それでね、先生」

なんだ。由希の眼が、少し潤《うる》んでいる。

「凛子が子供を産んでもいいって思ったその男の名前ね」

「名前？」

「シュウイチっていうのよ」

え。

「偶然って言ってたわよ。凜子はね。ただの偶然だって。でも、そんなの、あれでしょ。凜子が先生のことをずっと思っていたって証拠だって思わない？　同じ名前の男とさぁ。仮に嘘をついていたとしても、先生の名前を使ったってことはさ、それだけ思いが強いってことじゃない」

息を吐いて、由希はバッグからハンカチを出して、めちゃ黒くて大きい眼の辺りを少し押さえた。

こいつ、いい奴、いい女なんだろうな。

「わかってるわよ。あたしだってね、それなりに大人の女よ。突然やってきて、この子を凜子のところまで連れて行って、そして凜子を救ってくれなんていうのが非常識だってこと。普通はそんなこと考えないわよ」

だろうな。いや考える非常識な奴はいくらでもいるんだが。

「住所よ」

「住所？」

「どうしてあたしがここを、先生の住所を知ったか不思議でしょ？」

「そうなんだ」

それも訊こうと思っていた。

「あたしね、〈キャサリーナ〉って店で夜は働いてるの。知ってる？」

「申し訳ないけど、知りません」

あらぁ、とわざとがっかりしやがった。

「でも、先生の同僚の矢萩《やはぎ》先生はよく来るのよ」

「矢萩先生？」

そうよ、ってニイッと笑った。

「キャバクラに？」

「そうよ。もう常連さん。まぁでも高校の先生ってことはね、ずっと隠していたの。そりゃあマズいわよねぇ、教師がキャバクラ通いなんかしてちゃ」

「確かに」

「でもね、うっかり矢萩さん、話しちゃったのよね。同僚がセクハラ疑惑で学校を辞めさせられたって。それは冤罪《えんざい》なんだって。モンスターペアレンツの犠牲者なんだってさ。で、その名前をね、言っちゃったのよ。片原修一だって」

うわぁ。

ろくでもねぇな矢萩先生。なんてことしてくれたんだ。いくら酔っぱらったってそんなこと言うなよ。でもまぁ、好意的に解釈すれば、それだけ矢萩先生も悔《くや》しがってくれたってことか。好意的に考えればな。

由希は、大変だったわね、と慰《なぐさ》めてくれた。

「言ってたよ、矢萩先生。片原先生はそりゃあもう教育熱心で今時珍しいぐらい真面目な、そして優秀な教師なんだって。生徒を愛しているから結婚なんか考えられないぐらい、本当に心底生徒のことを考える先生なんだって」

「それは」

結婚してないのは、確かにそうなんだけどな。

「あんな先生が学校を追われて、俺みたいな不良教師がのうのうとしてるってのが申し訳ないってね。あ、もし矢萩先生に会っても怒らないでね。本当に、そういうふうに言ってたから。学校に戻ってほしいって」

溜息をついた。

「もちろん怒ったりはしません。矢萩先生も、いい先生であることは間違いありませんから」

「で？」

「で？」

「セクハラ疑惑って、何？　何でそんなことになっちゃったのよ。もちろん冤罪だっててのはわかってるけど、どうにかならなかったの？」

その段階ではどうにもならなかったんだ。後で落とし前はつけたが、さすがにそれはここでは言えない。

「あすかちゃんの前では話せないですね」

「あらそうね。じゃあまぁ、それは後から聞かせてもらうとして」

そういうわけで、って由希は姿勢を正した。

「あたしは、凜子が高校生の頃からずっとずっと慕《した》っていた、きっと今も慕っているはずの片原修一先生の住所を知ることができたの。ほんの一週間ほど前よ」

一週間前か。なるほど。

「そのうちに凜子に教えてやろうって思ってた。ゼッタイに訪ねるべきだって。でも教える前に」

「こんなことになってしまったと」

「そうよ。でも、これは神様の計らいだって思った。つまり先生は今、無職なわけよね。二、三日家を空けたって全然大丈夫なわけよね。凜子のために、あすかを熊本に連れて行くこともできるわよね。きっと神様は先生に凜子のところへ行ってほしいんだって思ったのよ。だからこうして来たのよ」

いや、そんなこと言われても。しかし、口調こそ適当だけど、由希の瞳は真剣だ。本気で友人のことを思い、頼んでいる。

鈴崎凜子を救ってほしい、か。

「ちょっと待ってくれませんか。一本、煙草を吸わせてください」

「あら先生、煙草吸うの？　いまどき」

「もちろん、学校では吸いません」

肩身の狭い思いはしているさ。立ち上がって、ジャケットのポケットに入れっ放しだった煙草を取り出して、台所の換気扇《かんきせん》のところまで来た。灰皿をすぐ隣のカラーボックスの下から取り出して、ガス台の上に置いた。換気扇のスイッチを入れる。

最近はさ、こうやって換気扇のところで吸ったって文句を言う奴がいるんだぜ。アパートの廊下が煙草臭いとか言ってさ。いい加減にしてくれよって感じだけどな。

火を点ける。

ふぅ、と煙を吐く。

考える。

（九州か）

行けないわけじゃない。確かに今、俺には時間はたっぷりある。

（鈴崎凜子）

向こうで、何か楽しそうに二人で話している声が聞こえる。あの二人の仲が良いのはよくわかったよ。

きっとあすかちゃんが生まれたての赤ちゃんの頃から、由希は親友の子供として面倒を見てきたんだろう。由希にももちろん、それ相応の人生の深い事情はありそうな感じがしてる。きっと凜子と由希は、二人で辛い毎日を、支え合って生きてきたんじゃないのか。

(女の友情ってやつだ)

そういうのは、あるよなきっと。

男同士の友情だって、もちろんある。

こいつのためなら何でもしてやるっていう思い。

そして鈴崎凜子の父親は金持ちだ。

考える。いや考えるまでもないんだ。由希は神様の計らいだって言ったけど、確かにそうかもしれない。神様なんかがいるとは思ってないが、神様のピンチヒッターぐらいはどこかにいてそういう偶然ってもんを演出してくれる。

金は、必要だ。どうやってそれを工面するかはずっと考えていた。

三振か、ホームランか。

どっちみちそんな人生をずっとやってきたんだ。

(よし)

煙草を消した。居間に戻る。戻るって言っても三歩で戻れるけどな。戻って、ゆっくりと二人の前に座った。

「決心ついた?」

ニコッと笑って由希が言う。

「わかりました。行きましょう」

わーお! って由希が手を叩いた。

「良かったねぇあすか、一緒に行ってくれるって」

あすかちゃんは、少し口元を緩《ゆる》めて微笑んだけど、微妙な顔をしていたな。まぁそうだよな。子供にしてみれば微妙だよな。

仮にお母さんに、鈴崎凜子に、〈大好きだった高校時代の片原修一先生〉のことを聞かされていたとしても本人にしてみれば知らないおじさんなんだから。

「ただし、三芳由希さん」

「あら、そんな他人行儀に」

いや他人だろ。

「由希でいいわよ。先生ずっと年上なんだし。由希ちゃんとか由希タンでもいいわよ」

誰が由希タンだ。

「じゃあ、由希さん。単刀直入に言いますが、君にもどうやら複雑な事情があるようですね。その荷物は明らかに旅行用の荷物ですね? 格好は明らかに出勤前の様子なのに、何故そんな大きい荷物を持ってるんでしょうか。まさかそれが全部あすかちゃんの荷物ってことはないですよね。あすかちゃんは自分のリュックの中身がいっぱいだしその他にカバンも持っています」

ちっ、って顔をしたよね由希さんよ。今確かに心の中で舌打ちしたよね。バレたかって感じで。

「さっきまで、僕にあすかちゃんを連れて行ってほしいって言っていましたけれど、一緒に行くつもりか、あるいは」

「なによ」

ちょっと間を置いてやった。武士の情けだ。おいでおいでをしてやった。

「何ですか先生」

「いいから」

部屋の隅に呼んだ。そしていやいややってきた由希の耳元に囁く。

「夜逃げですか？」

思いっきり嫌な顔をした。

「違うわよ」

「じゃあなんですか」

「言えない」

ふてくされたように唇を尖《とが》らす。お前は子供か。あすかちゃんの同級生か。

「まぁいいです。わかりました」

言うと、顔を顰めながらあすかちゃんの横に戻る。

「とにかく、一緒に来てください」

「一緒⁉」

由希が眼を丸くした。

「僕は、小学生の女の子の相手をしたことなどありません。札幌から九州なんて長旅です。その間、ずっと二人きりになります。精一杯のことはしますが、やはり女性がいた方がいい。それにこのご時世です。僕のような中年男が小さな女の子を、しかも赤の他人の子を連れているといろいろ誤解を受けます。下手に職質されようものならどう説明しても署にご同行願えますかっていう状況になりますよね。でも、あなたがいれば、三人なら親子に見られて何の心配もないでしょう。何よりあなたは凜子さんから頼まれたんですよね？　その約束を放棄《ほうき》して、僕だけに任すなんてことはしないですよね？」

思いっきり俺を睨《にら》んで、その後にむーん、とか唸《うな》りましたね由希さん。

「そうですよ先生。あたしは凜子に頼まれました。あたしは凜子を裏切ったりしません。わかりました。一緒に行きましょう」

「そうこなくっちゃ」

「でもね？　先生」

何でしょう。

「今、長旅って言ったけど、札幌と九州だって飛行機飛んでるのよ？　ほんの数時間で着くのよ？」

「それは、飛行機だからですよね。由希さん、飛行機のチケットはもう取ってあるんですか？」

「ないわよ」

「そのお金は？　けっこうお金掛かりますよね。誰が出すんですか？　僕を当てにしてました？」

由希の唇がふにゃふにゃと動く。やっぱりそうかよこの女。まぁいいよ。

「申し訳ありませんが、おっしゃったように僕は今は無職です。余分なお金なんかこれっぽっちもありません。三人分の飛行機代なんかとても無理です。無職になってしまったのだから、節約しなきゃなりません。どこかから借金するなんて以《もっ》ての外《ほか》です」

「え？　じゃあどうやって九州まで行くの？」

「これです」

ポケットから車のキーを出した。

「車？」

「ガソリン代ぐらいなら、まぁ何とかなるでしょう」

「ちょ、ちょっと待ってよ。札幌から熊本まで車で何日かかるの？」

「そうですね。ちょっと待ってください」

部屋の隅にあるパソコンデスクの上のノートパソコンを持ってきた。打ち込む。

「おおよそ距離は二千キロ」

「二千キロぉ？」

「時間にすると三十五、六時間ですね。ってことは、まぁ昼間は走るだけ走れば、一週間もあれば着くでしょう。のんびり寄り道したとしても、十日ですか。夏休みですから余裕ですよね」

「お泊まりはどうするのよ。ガソリン代と宿泊代を合わせたら、飛行機の方が全然安いんじゃないの？」

「ガソリン代を一五〇円として、幸いにして僕の車はリッター二十キロは行きますから、おおよそ、えーと一万五千円ほどですか。それなら確実に飛行機代より安い。宿泊は、車です」

車ぁ？　って叫ぶように言いましたよ由希さん。

「まぁ女の子もいることだし、衛生面には気をつけないとね。だから、一晩中休憩できる安いスーパー銭湯とかもあるし、温泉の駐車場とかね。いわゆる車中泊ってやつですよ。

その気になれば安く夜を過ごせる方法はいくらでもあります。夏なので風邪を引くこともないだろうし、その気になれば意外に楽しいですよ?」

「楽しいって」

あすかちゃんが反応した。なんか、ものすごく嬉しそうな顔をしている。

「どうだあすかちゃん。お母さんのところまで、おじさんとおばさんとずーっと日本縦断のロングドライブだ。楽しそうじゃないか?」

「楽しそう!」

うん、出会ってからいちばんの可愛らしい大きな笑顔だ。いいねぇあすかちゃん、話わかるね。子供はドライブ好きだよな。察するにさ、今までそんなドライブなんかしたことないんじゃないか。

「夏休みだしな。あっちこっちに寄ってさ。そうだ、海水浴もできるかもしれないしな。今年は海に行ったかい?」

「まだ!　行きたい!」

よーし。良い返事だ。いいね。子供が喜ぶ顔を見るのはこっちも嬉しくなるよな。どうだ、って顔をして由希を見たら、何だか悔しそうな顔をしていた。

「わかったわよ先生。ご一緒します」

「うん。そうしてください」

「で、先生の車はなに？　実はあたし、意外と車にはうるさいんだけど。期待してないから教えて」

「安心してください。ついこの間買ったばかりの新車です。軽自動車ですけど」

ああぁ、って溜息をついた。

「軽自動車で長旅って」

まぁ、それも楽しいだろう。

2

善は急げ、だ。

同行を決めた俺の動機が思いっきり不純だったとしても、あすかちゃんを鈴崎凜子の元へ送っていってあげるのは、確かに善行だ。それは間違いない。その結果どうなるかは、かなり運任せになるだろうけど、それも、たぶん、善いことだ。

「じゃあ、さっそく出発しましょうか」

そう言ったら由希は「え？」って顔をした。まぁ、そうだろうな。頭をくるっと回して窓の外を見た。

「だってもう暗くなるじゃない？　雨も降ってるし」

窓を指差して言う。うん、その通りだけどさ。

「由希さん」

「はい」

「お訊きしますが、もうすぐ暗くなるという夕方にやってきて、この子を九州まで連れて行ってほしいと言って僕がＯＫしたら、あすかちゃんは今晩どうするつもりだったんですか？　もうここに泊まらせる気満々でしたよね。準備万端ですよね。そんなに荷物全部持ってきて」

見抜かれたか、って感じで由希が唇を歪《ゆが》めた。本当にこの女、丸投げするつもりだったんだな。そしてきっと自分はどこかに行くつもりだったんだな。

どこに行くつもりだったのか、何があったのかは、あすかちゃんの前だしまだ訊かないでおこう。

「残念ですが、僕は教師です。たとえ子供といえども、いや子供だからこそ、他人の娘さんをこの部屋に泊めるわけにはいきませんよ。ましてやあなたも」

「わかってるわよ」

窓の外を見た。ついでにスマホで雨雲の様子も見る。

「大丈夫。この雨は通り雨ですよ。ついでに西の方は晴れています。この先一週間の天気予報も、あぁ全国的にそれほど悪くないですね。九州までは快適なドライブができそうですよ」

「良かったわ。さっそくどこかの駐車場で一泊できそうで嬉しくなってきちゃった」

「そう、それなんですけどね」

さすがの俺もそんなに不人情じゃない。

あすかちゃんに辛い思いなんかさせない。こうやってこの部屋にこの女とやってきてお願いをして、どうやら九州は熊本まで、お母さんが待っているところまで行けることが決まってほっとしているだろうけど、あすかちゃんは子供心にかなり気を遣っているはずだ。由希にも、そして俺にも。

わかるんだよ。この子は、そういう子供だよ。

ただでさえお母さんと離れている。しかもお母さんは入院してしまっている。ものすごく心配なはずだ。おまけに何やら大人の世界のわけのわからない事情があるらしい。

そういうのも全部この子はわかっている。その上で、自分を世話してくれている由希に心配掛けないように元気にふるまっているんだ。

そして会ったばかりの俺にも気を遣っている。お母さんの高校時代の担任だった先生に。

「小樽《おたる》の〈朝里川《あさりがわ》温泉〉。知ってるでしょう」

「知ってるわよ」

「そこに知り合いの宿があるんですよ。今日はそこに一泊しましょう。明日は小樽から函《はこ》館《だて》に向かうということで」

　あら、って由希が笑ってあすかちゃんを見た。

「温泉だって！　良かったねあすか！」

　嬉しそうにあすかちゃんも頷いた。

「温泉、好きかい？」

「好きです！」

「よーし、じゃあさっそく出掛けよう。今、車を駐車場からアパートの下に持ってくるから、ここで待ってて」

「あらでも先生。宿泊代とかは？　節約するって言っていたのに大丈夫なの？　私たちの分もいいの？」

　たぶんな。

「大丈夫ですよ。とても親しい友人なんで一泊ぐらいなら出世払いにしてくれますから心配しないでください」

　そこはまぁ、この腕でなんとかなる。

「あぁ、待ってください。車中泊の準備も必要ですね」

　軽とはいってても最新型だから後ろの座席を倒せば大人も楽に寝られるはずだ。寝袋にマットがあればかなり快適だろう。簡単な食事を作れるぐらいのキャンプ道具もあった方がいいか。テントやタープもあればなお良し、か。途中、どっかの海岸でテントを張れば本当にキャンプ気分になってあすかちゃんも喜ぶだろう。

二人がじっと俺を見てる。

「うん、ちょっと寝袋やそういうものも友人に借りてきます」

「顔が広いのね先生」

お蔭様で。

「テレビでも観ながら、そうですね、一時間ぐらいはここで待っててください。それぐらいで用意して帰ってこれると思います。それと、部屋に誰も訪ねて来ないとは思いますけど、もし大家さんでも突然やってきたら」

「親戚ってことにするわよ。私が先生の従妹《いとこ》でこの子は私の娘とでも」

いいね。さすがキャバ嬢。そういう機転は利くよな。

「じゃあ、そういうことでお願いします」

行ってきます、行ってらっしゃいって見送られて部屋を出た。

こういうときには、思わせぶりな行動はしない。基本だ。まっすぐに目的遂行のために動く。歩いて五分の駐車場。アパートに近いここがちょうど空《あ》いたのも偶然でラッキーだったし。

「車を手に入れておいて正解だったな」

本当に、これはきちんと購入した正真正銘の俺名義の車だ。お金がなかったので軽自動車になったけど、最近の軽は凄《すご》い性能だと思う。町乗りだけじゃなくて遠乗りにだって充分なパワーと居住性を兼ね備えている。

こういうものを造らせると、本当に日本人って上手いんだよなぁと思うよ。

「さてと」

乗り込んで、まずは煙草に火を点けた。キャンプ道具か。揃《そろ》える当てはいくつかあるけど、手っ取り早く済ませるにはどの方法がいちばんいいか。あれでいいか。道具は新しい方がいいしな。

借りている駐車場のこの位置は周りのビルで一日中日陰なので、車内は暑くならないんだ。それもラッキーだったな。エンジンを掛ける。運転席側の窓を開けて煙草の煙を追い出しながら車を駐車場から出して、目的地に向かって走らせる。

「キャンプか」

昔、あいつともよく行ったよな。

中学の一年の夏休みが最初だったっけ。突然あいつが『自転車で旅行に行こう』って言い出したんだ。びっくりしたけどやってみたら楽しくて楽しくて、二年の夏も、三年の夏も二人で行ったよな。

なんで自転車旅行？　って訊いたら、ただ『行きたくなった』って笑ってたな。そうなんだ。あいつはもっと若い頃はそんなふうにけっこう衝動的だったんだ。今みたいに石橋を叩いて渡る感じじゃなくてな。直感的な人間っていうのかな。自分の感覚を信じて、それだけで行動するような。

「変わっちまったよな」

さっきもあの女に、由希に少し話したけど、高校の時のあの事故からだよな。あいつが変わってしまったのは。

信じられなかったよ。

自分の家族が、大好きだった家族が、一瞬にして全員いなくなってしまうようなことが起こるなんて。

皆が、死んでしまうなんて。

あれから、あの日からあいつは、何に対しても一歩引いて見つめるような男になったと思う。石橋を叩いて割ってしまっても渡らないような。まぁ、教師になったってのは、それが良い方向に作用したと思うんだけどな。

きちんと、慎重に、しっかりと歩みを進める。そういう男になった。たとえどんな事態になったとしても、それまでの自分は間違っていなかったと思えるようになんだろうな。

言ってみりゃ、クソつまらない男になったよ。将来の後悔を心配して、今を躊躇《ちゅうちょ》してどうすんだって思ったけどな。

でもまぁ、それもよくわかったからさ。理解できたからな。

「鈴崎凜子か」

ハンドルを左に切る。思い出して、助手席側の窓も全部開けた。ついでに後ろも。この後、あすかちゃんも乗るんだ。煙草の匂いが充満していたら嫌だろう。新車で良かった。まだヤニ臭くはなっていない。熊本まで、運転中の煙草はなるべく控《ひか》えなきゃな。まぁ安全のためにも二時間ぐらい運転したら一服休憩を取るって形にした方がいいだろう。それで皆が気持ちよく過ごせる。

「あすかちゃん、か」

あの鈴崎凜子の子供。

何度も、聞かされた名前だ。

鈴崎は今はどうしているだろうって、酔ったあいつが口にすることは何度もあった。もちろん、それは俺にだけだ。俺にだけ、本心を語っていた。いくら酔ったからってそんな話を誰彼の区別なくするような男じゃないんだあいつは。

そう、俺にだけ、何もかも話していた。

何度も聞かされたし、卒業アルバムの写真も何度も見たから顔だって知ってる。

高校時代の顔を見れば、今現在彼女がどんな感じになっているかだって大体は摑《つか》める。

激太りとか激ヤセしていなきゃの話だが、まぁ彼女の性格から考えるとそんなことはきっとないんだろう。

たとえシングルマザーとしての生活に疲れていたとしても、美しい女性になっていると思うよ。鈴崎凛子はそういう何物にもくすまされたりしない、天然の透明感を生まれ持った女性だ。

何よりも、本当に似ているのさ。あいつが失ってしまった母親に。そしてその母親にそっくりだった妹に。

俺は、よく知っている。

そういえば、あすかちゃんはお母さんに似ている。目元がそっくりだ。それはつまり、あすかちゃんはあいつの妹の小さい頃にもよく似てるってことだ。

「あ、待てよ」

卒業写真と言えば、もちろん卒業アルバムは鈴崎凛子も持っているはずだよな。捨てたとは思えない。ってことは、あすかちゃんがそれを見ていたって可能性はあるだろう。そこはどうだ。

「いや、ないか」

あすかちゃんは俺の顔を見ても、何にも言ってなかったもんな。由希はもちろん見てないんだろうな。もし見ていたら、こんなことにはなっていないはずだ。

まぁ仮にあすかちゃんが見ていたとしても、あの手のアルバムに載っている先生方の写真なんて大抵は変な写りのものばかりだから、わからないだろう。子供は意外と大人の顔の区別がつかないもんだ。

魅《ひ》かれ合っていたのは間違いないさ。運命的って言っても大げさじゃないと、俺は思う。

ただ、出会い方が悪かった。

高校教師とその生徒じゃあ、あの時代、いや今だってどうしようもない。どうしようもないし、鈴崎凜子の愛らしいその笑顔の向こうに、自分の母と妹の姿を見てしまったらそれはもう。

どうにもできなかった。

「彼女の人生を救う、か」

そんなことができるなら、それこそ人生苦労なんかしねぇんだけどな。でもまぁ、人生何が起こるかわかんないっていうのも。

「まぁよく知ってる」

会いに行くさ。

鈴崎凜子。

☆

「ねぇ先生」

「何ですか」

後ろの座席に乗り込んできて荷台を振り返って由希が言った。

「随分立派なキャンプ道具を借りてきたのね。ほとんど使ってないんじゃない？　新品同様じゃないの」

荷台のスペースに身を乗り出してがさがさと荷物をいじる。細かいところに気がつくよね君は。

「あぁ、ちょうど上手い具合に買ったばかりのをね、一式借りられたんですよ」

「お友達に？」

何を疑っているんですかね由希さんたら。

「大学時代の同級生がすぐ近くに住んでいてね。子供も出来たばかりで、こういうのを揃えていたんですよ」

「あら、じゃあその人も夏休みとかあるんじゃないの？　これからこの道具を使うんじゃなくて？」

「いや、大丈夫。そいつの子供はまだ生まれて半年なんです。いくら何でもキャンプは無理ですよ。張り切って早く揃え過ぎたんですよあいつは」

そうなの、って頷いた。一応納得したかな。この女いろいろと目端《めはし》も利くよな。キャバ嬢なんかやってないできちんとした会社で仕事をやらせれば、かなりできる女になったろうに。

「よし、あすかちゃん」

「はい」

後ろを見て、笑ってやった。

「トイレは大丈夫かい？」

由希が頷いた。

「大丈夫よ。さっき二人とも済ませたから」

「途中で行きたくなったら、恥ずかしがらずにちゃんと言うんだよ？」

わかりました、ってあすかちゃんが頷いた。その表情もすっかり子供っぽく、柔らかくなったね。知らないおじさんと一緒にいる緊張も解けたな。

「それから一応、シートベルトをしておいてね。君のお母さんから大事な娘さんを預かったんだから、念には念を入れてきちんとしないとね」

「あたしは？」

あなたは大人でしょ。

「してください」

はいはい、ってニコニコしながらしてるよこの女。ひょっとして浮かれているのか？ あんたも楽しみになってきたんじゃないのか、ロングドライブが。

「いいね？　じゃあ、出発するよ」

「しゅっぱーつ」

「しゅっぱーっ！」

なに子供と一緒に大声出して喜んでいるんだよ由希さんさ。

札幌から小樽だから、全然大した距離じゃない。高速を使わないで五号線をゆっくりのんびり走ったって一時間もあれば着く。

後ろで、由希とあすかはコンビニに寄って買った飲み物とお菓子を食べながら話している。あすかちゃんはすっかりリラックスしたな。良かった良かった。

「ねぇじゃあそのケイスケくんっていうクラスの子は、先生に怒られたの？」

「ううん、そんなに怒られなかった。みんなのためになると思ってやったんだからって」

「そうよねぇ。そこはいい先生ね」

「うん、お母さんもそう言ってた。いい先生だって」

「あすかはさぁ、前に言ってたじゃない、算数は苦手だって。でもママは算数得意だったって言ってたよ?」

「ママは得意だねー」

「あたしもねー、算数はダメだったなぁ」

「でも由希ちゃん歴史に強いんでしょ?　ママがいつも言ってた」

「そうなのよー、レキジョよレキジョ。中学高校に入って歴史の宿題が出てきたら任せておきなさい。大抵のものは答えられるから」

「歴史って、なに?」

「あ、海見えた」

「海!」

「泳ぎたいねー。あすか!　水着持ってきてないでしょ?」

「ない」

「どっかで水着買おうか!」

「買おう!　いいの?」

「先生が買ってくれるわよきっと。女ならビキニよビキニ、あすか。男を悩殺してやるの」

「のうさつってなに?」

ちらちらとルームミラーで見る二人は、本当に楽しそうにそうやっておしゃべりをしている。まぁ成り行きとはいえ、こうやって女性を楽しませるために車を走らせるってのも悪くないな。

雨は降っていない。小樽の方は晴れているらしくて夕暮れの色がついた雲が見えている。窓を開けて走るのには暑くもなくてちょうどいい。

「そういえば、先生」

由希が言ってくる。

「何ですか」

「先生、英語の先生なんでしょ？」

そうだよ。片原修一は英語の教師。

「英語ペラペラなの？」

「まさか英語教師が全員、英語を喋れるとでも思ってないでしょうね」

「思ってないわよ。あたしの高校のときの先生もぜんっぜん喋れなかったもの」

そうなんだよな。ところがどっこい。

「まぁ一応、僕は日常会話ぐらいなら苦労しませんけどね」

「あらそう。凄いじゃない」

それは、数少ない自慢のひとつだ。一応謙遜《けんそん》して言ったが、日常会話どころか政治問題の議論だってバリバリ英語でできる。それはまぁ昔付き合ったイギリス人の女のお蔭《かげ》なんだが。

人間長く生きてりゃ何かひとつぐらい取り柄ができるもんだ。

「由希さんは？」

「なに？」

ルームミラーに映る彼女の顔も、リラックスしているように見える。厚化粧の下の素顔が見えるような気もする。

「さっきレキジョって言ってたけど、何か勉強してたんですか？」

ほんのちょっとだけ、何かを自慢するみたいな表情で微笑んだ。

「おじいちゃんがね、祖父が歴史学者だったのよ。あなたみたいに、先生だった。それも大学教授」

「へぇ」

それは凄いじゃないか。

「あたしはね、おじいちゃんっ子だったのよ。小さい頃は実家と祖父母の家がすぐ近くでね。よく遊びに行ってたし」

そこでいったん言葉を切った。ルームミラーに映っていた笑顔にほんの少し逡巡《しゅんじゅん》するような陰《かげ》りが走った。

何だ。そこに何かあるのか。

「ある時期からね、あたしは祖父母の家で一緒に住んでいたから。とにかく仲が良かったのよ」

「そうなんですか」

祖父母の家に預けられた子供か。ってことは親が離婚とかろくでなしとか、そういうちょいと話したくはない過去でもこの女にはあるのかな。

「だから、おじいちゃんの書斎の本棚にある本がもう凄いものに見えてたのよ小さい頃は。大人になったらこれを全部読んで、おじいちゃんに褒《ほ》められたいって思っていたのね。そういう女の子だったの」

「それで、実際に本を読み出して」

「そう」

こくん、と頷いた。

「読み漁《あさ》ったわよ。そりゃもう小学生には難しい本を辞書片手にね。お蔭様ですっかり歴史好きな女の子になったわ。レキジョなんて言葉ができる前にね」

優しい笑顔を見せる。こいつは、おじいさんが本当に好きだったんだろうな。

「由希ちゃんのおじいちゃんは？　死んじゃったの？」

あすかちゃんが訊いた。

「うん、あたしが高校生の頃にね」

「そうなんだ」

その辺の話は初めてなのか。まぁ、友人の子供に自分の祖父母が死んだときの話なんかしないな。

大学教授の孫娘が今はキャバ嬢か。

職業に貴賤《きせん》はないし、大学教授の家だからってお金持ちってことはないが、少なくともしっかりとした教育を受けた、あるいはしてきた家に生まれたわけだこの由希さんは。

それでだな。この軽そうな女の根っこにしっかり知性を感じるのは。

小学生の頃からそんな難しい本を読みまくっていれば、そりゃ基礎学力は人並み以上につくさ。それなのに今はキャバ嬢ってことは、どっかで何かがあったんだろう。

その辺は、もちろん今は訊かないでおく。あすかちゃんの教育上よろしくないからな。

「ねぇ、先生」

「何ですか」

「先生、子供好きなのね」

にこっ、と笑いながら前に身体を寄せてきた。

「教師ですからね。当然でしょう」

「あぁら」

そうでもないでしょうよ、って皮肉っぽく笑った。

「子供嫌いな教師だっているわよ。ましてや先生は高校教師。小学校の先生で子供嫌いだったらどうしようもないけど、高校なら小さな子供嫌いでもできるわよね」

「まぁ理屈の上ではですね」

「でも、先生はあすかを見る眼が最初から優しかったわ。子供が大好きな人か、あるいは自分の子供がいるお父さんの眼をしていたわ」

「そうですかね」

その辺は隠しようがないというか、隠すつもりもなかったが、しくじったか。もう少し考えて接すれば良かったか。この女、本当に人のことをきちんと見ているよな。

「でも先生は独身だから子供がいるはずがないし」

「そうですね」

「隠し子？」

「いるわけないじゃないですか」

「じゃあ、根っから子供好きだったってことね」

そういうことにしておけよ。

「さっきも言いましたけど、妹がいましたからね」

あん、って小さく声を出して由希は戻っていった。

「ごめんね。詮索《せんさく》して」

いいえ、ノープロブレム。

「ほら、凜子を助けてもらうわけだし。でも凜子は凜子で卒業してからの十年以上、先生がどうやって暮らしてきたかを知らないわけだしね。あたしが少しでも情報を摑んでおかないと」

「別に、特別なことがあった人生ってわけじゃないですよ。ずっと高校教師をやってきた。ただそれだけです」

そうかしらねー、って隣に座るあすかちゃんに言って笑う。あすかちゃんも首を傾《かし》げながら少し笑った。大人の話はわかんないよな。

特別なことか。

まぁ特にはなかったな本当に。高校はちゃんと出ているし、大学にも一応籍は置いた。そこで学んだことはほとんどなくて、大学生であることをいいことにあちこちふらふらした。いかにこの社会を生き抜いていくかってことだけは、その時期に学ぶことができたと思うよ。

「でもそうよね。先生だもんね。毎日毎日学校に行って生徒に授業して。それが一年中続いて、終わったらまた次の一年だもんね」

「そうです」

「凜子も、そういう真面目な先生だから心を許したんだもんね」

だからそういう話はあすかちゃんの前ではできないって。軽く肩を竦《すく》めて見せるだけでごまかした。

でも、この女。由希。

一線を引くことは心得ている女だな。

最初から鈴崎凜子を先生に救ってほしい、とは言っている。その他にもかなり子供には聞かせなくてもいいじゃないかって話もしている。

でも、直接、鈴崎凜子と結婚してほしいとか、あすかのお父さんになってよ、っていう生々しい表現は一切使わない。

ふざけた女ならあすかちゃんに「パパになってもいいわよねー」とか冗談交じりで言うところだ。

パパママという単語に、母子家庭の子供は大人が思っている以上に敏感に反応するものさ。それを由希はちゃんとわかっているんだろう。あるいは、自分がそうだったからか？

その可能性はあるな。

「学校はいくつ変わったの？」

「二つですよ。あぁ、凜子さんが通った高校を含めると三つ目という意味で」

「そうなの」

札幌って、狭いようで広い街よねって続けた。

「ずっと同じ市内に住んでいたのに、一度もばったりと顔を合わせなかったなんて」

「そんなもんですよ」

確かに、東京みたいにあちこちに人が集まる場所があるわけじゃない。中心街なんていうのは札幌駅前と大通近辺のほぼ二ヶ所だけだ。そこを歩いていれば誰か知り合いに会いそうなものだが、実は意外とそうでもないのは、田舎《いなか》でも一九〇万都市って感じか。

「僕はそもそもあまり外出しませんからね。教師は貧乏暇なし。部活の顧問をやっていれば尚更《なおさら》です」

「あぁ、そうよね。先生は何部の顧問だったの？　凜子といた高校では美術部だったって聞いたけど」

「同じですよ。ずっと美術部でした」

「学生時代にやってたの？　絵を描くの？」

「多少ですけどね」

本当に多少だ。それこそ高校時代に美術部部長だったっていう程度。好きこそものの上手なれ、なんていうけど決して上手じゃない。

「凜子も」

小さく頷くのがルームミラーで見えた。

「絵を描くのも、見るのも好きだったわね。ねぇ、ママとよく美術館に行ったわよね？」

「行った」

あすかちゃんが答えた。そうなのか、彼女も絵が好きだったのか。それは聞いていなかったな。

「あれはさぁ」

何かの思いを込めるようにして、由希が言う。

「もちろん絵を見るのも好きだったんだろうけどさぁ、美術館でばったり先生に会わないかなって思っていたんじゃないかなぁ」

ここは、小さく息を吐くしかない。頷けないだろうしな。

「どうなんでしょうか。さっきも言ったけど、年賀状も二年ぐらいしか届かなかったし。凜子さんがそんな思いを持ってくれていたとは思えないんですが」

「わかんないわよそんなの。本人にしか」

それはそうなんだがな。そこは、これ以上は突っ込んだ話はできないだろう。あすかちゃんがいるんだしな。

それは、助かった。

☆

〈くるるの湯〉は元々は和風の小さな温泉旅館だったのさ。それを改築して日帰り入浴もできるよう小奇麗にして、同時に同じ敷地内にペンション風のコテージを何棟か建てた。そもそもがそんなに有名な温泉地でもないから儲《もう》かっているわけじゃないけど、まぁそこそこだ。

駐車場に車を停める。時刻はもう六時を過ぎた。陽はほとんど落ちて、そろそろ夜の闇が辺りを包む頃。

着いた着いた、と二人で喜んで降りようとするのを押しとどめた。

「先に行って交渉してくるんで、このまま待っててください」

「交渉？」

そう。あくまでも交渉。

「何せただで泊めてもらおうって言うんですからね。他のお客様や従業員のいる前でそんな話はできないでしょう。裏口に友人であるここの主人を呼び出して、こっそりと話してくるんで車の中で待っててください」

いいですね、って人さし指を立てて見せて、車を降りる。〈くるるの湯〉の本館に向かって歩いて、一度振り返って二人がちゃんと車の中で待っているのを確認して、携帯を取り出す。

電話を掛ける。

（もしもし？）

少し、怯《おび》えたような声が聞こえてきた。

「俺だよ」

一瞬の沈黙。

（どうして、電話なんか）

「そうビビるな。友達じゃないか。急で悪いんだがちょっと頼みがあるんだ。なに、難しいことじゃないさ。旧館の部屋はまだ使えるんだろう？」

（使えるけど）

そんなに怖がるな。取って喰うわけじゃないんだから。

「一晩泊めてくれ。あぁ、晩飯と明日の朝飯も付けて。大人二人と小学生一人だ。ほら和室の二間続きのところがあったろう。あそこでいい。それだけでいいんだ。他には何も一切要求しない。約束する」

（一晩だけ？）

「そうだ。一晩だけ。もう駐車場にいるんだ。裏口から入って行くから頼むぜ」

（わかった）

いい子だ。電話を切る。

車に戻ろうと振り返った瞬間に、そこにあすかちゃんがいた。驚いた。驚いたけど、二メートルは離れていた。かなり小声で話していたから聞こえていたとは思えない。聞こえていたとしても、そんなに物騒な話はしなかったはずだ。

笑顔を作るさ。

「どうしたの？　待ち切れなかった？」

ちょっともじもじする。恥ずかしそうに俺を見る。

「トイレに行きたくなっちゃって。由希ちゃんが先生に言ってきなさいって」

「あぁ、そうか。ごめんね気づかなくて」

車を見たら、由希が中で手を振っているのがわかった。俺は掌《てのひら》を広げて、そこで待てって言ったつもり。

「よし、行こう。そこ入ったらすぐにトイレがあるから大丈夫」

小走りで向かう。自動ドアが開けば中は明るくて広いホール。左右にシューズロッカーが並んでいて、いかにも新しい日帰り温泉旅館の雰囲気だ。

「あそこがトイレだ。わかるよね。おじさんはここで待ってるから、そこで靴を脱いでそのまま行っておいで」

「はい」

大丈夫だな。態度に何の変化もない。さっきの電話での会話は聞こえていなかったんだろう。靴を脱いで、一段上がる。

「先生」

俺を見た。真っ直ぐに見る。子供の眼ってどうしてこんなにきれいなんだろうな。見る度に、心底眩《まぶ》しく思う。自分もこんな眼をしていたのかって情けなくなることもあるさ。

「なんだい？」

「ママって、高校生の頃、大人しい女の子でしたか？」

何で今、どんな気持ちでそんな質問をするのかが、まったくわからない。見抜けない。本当に子供は、難しい。高校生以上の女だったらどんな演技をしていても見抜いてやるのに。

「大人しい、っていうかな。元気なところもたくさんあったけど、静かにしていることも好きな女の子だったよ」

もちろん、優しく微笑みながら教えてあげる。

そして、これは本当のことだ。ちゃんとあいつから聞いた話だ。あすかちゃんが、こくん、と一度頷いてから、さっ、とまるで小動物みたいな素早さでトイレに走っていった。

小さく息を吐く。

「わかんないな」

子供の眼は何を見つめているのか、さっぱりわからない。

「見抜かれないようにしないとな」

向こうに着くまでか、あるいは何かが動き出さない限りは。


二回目の風呂に入って上がってきて、缶ビールを一本飲んだ。

窓際に置いてある籐《とう》椅子に座って小さなテーブルに足を乗せて、夜風に当たりながら煙草を吸っていると、隣の部屋の襖《ふすま》がそっと開いた。

浴衣《ゆかた》姿の由希がまるで這《は》い出るように現われて、さらにそっと音を立てないようにまるで猫みたいな仕草でひっくり返りながらこっちに全身を持ってきて襖をそっと閉めた。酔ってるわけじゃないだろうにまともに入ってこられないのかあんた。

そのままにじりよってきて、にこっと微笑む。

ほぼスッピンの由希さん。浴衣の下にTシャツが見えているのは、まぁ風情はないけど一応未婚の女性としてのたしなみと、俺にも気を遣ったんだろう。

足をテーブルから下ろした。由希が向かい側の籐椅子に座る。

「寝ましたか？　あすかちゃん」

「もうぐっすり」

携帯の時計を見ると、十時半を回っていた。子供と夜を過ごしたことはないけど、十歳の小学四年生ならそんなものなのか。

「いつもはもっと早く寝るのよ。凜子には九時には寝るように言われてるからね。夏休みだから、どうしても観たい映画とかテレビ番組があったら、起きてていいってなってるけど」

「気持ちが昂《たか》ぶっていたんじゃないかな。何せ知らないおじさんの車で、お母さんのところまで旅行を始めたんだから」

由希は頷く。

「温泉もすっごく喜んでいたしね。あの子、久しぶりっていうか、初めてじゃないかしら。こんなちゃんとした温泉旅館に来るのは」

「そうなんですか？」

そうよ、って少し真面目な顔をして頷く。

「母一人子一人。節約節約の暮らしよ。そりゃあ近場の日帰りできるスーパー銭湯みたいなところに入ったことはあるけれど」

そうだな。庶民の暮らしはそうだよな。ここはそんな高級旅館じゃないけど、泊まればそれなりにお金が飛んでいく。由希が、ふぅ、と肩を落として微笑んだ。洗いっぱなしであすかちゃんと横になっていたから髪の毛がくしゃくしゃだ。キャバ嬢の格好とは、全然イメージが違う。でも、あんた、その方がいいよ。素《す》のままで品が良く見えるっていうのは、やっぱり育った環境なんだろう。子供の頃にきちんと育てられれば自然とそうなるもんじゃないかと思う。

「それにしても、なかなか良い旅館よね。ただで泊まらせてくれるっていうから、てっきりひなびたボロボロの旅館を想像していたんだけど」

「旅の始まりには充分でしょう?」

充分よ、って笑った。

「先生」

「はいはい」

すっ、と居住まいを正して、俺に向き直った。さらに背筋を伸ばして、お辞儀をした。

「改めて、ありがとうございます」

「なんですか」

気持ち悪い、っていう言葉は一応呑《の》み込んだ。

「熊本まで連れて行ってくれる決心をしてくれて、おまけにこんな温泉まで御馳走《ごちそう》してもらって、あすかは本当に喜んでる。まだ先は長いんだけど、感謝します。ありがとうございます」

苦笑いしてやった。

「そんな殊勝《しゅしょう》なことを言われると調子が狂いますね」

「あら」

にいっ、と笑った。

「これでも素直ないい女のつもりよ」

そう、だな。確かに。悪い女じゃないよあんた。

「煙草、一本貰《もら》っていい？　このビールも」

「吸うんですか」

「たまにね。その方が喜ぶお客さんもいるし」

ライターと一緒に煙草の箱をテーブルに滑らす。どうも、と軽く笑って頭を下げた由希が一本取り出して、慣れた様子で火を点ける。

さすがキャバ嬢。慣れてるね。

「ビールも一本だけですよ」

「一本だけって、この一本しかないじゃない」

「それこそお金は節約しなきゃならないし、子供もいるところで酔っぱらうわけにはいかないでしょう」

そう言ったら、顔を顰めやがった。

「先生って、本当に先生なのね。真面目過ぎるわー」

「本当に真面目な教師なら温泉旅館にあなたと一緒に泊まったりしません。由希さんとあすかちゃんをここに置いて、自分は車の中で寝るでしょうね」

「あら、そうしてもらってもあたしはかまわないわよ」

うるさいよ。

「運転するのは僕なんですからね。体調を整えることも大切です。だからしっかり身体を休めるし、ビールはお互い一本だけです」

カッタイわー、って由希が口を尖らす。煙草を口にくわえながら缶ビールを開ける。煙草を指に挟んで、ぐいぐいと飲む。ぷふぁー！　とか、わざとらしく言うんじゃないよ。

「ぷふぁー！」

言いやがったなこの女。

「この瞬間のために生きてるわー」

まぁね。その気持ちはわかるよ。

煙草の煙がゆっくりと開けた窓の方へ流れていく。蒸し暑くもない、ちょうどいい風が吹いている月夜。ずっと向こうに小樽の海が見える。由希が、そっちの方へ眼をやって眺めている。

月明かりに照らされる由希は、まぁまぁきれいな女だ。そうやって静かにしていれば、はすっぱな物言いをしなければ、本当に知的な印象を受ける。

「なに？」

急にこっちに顔を向けて、にいっ、と笑った。

「なにって？」

「あたしに見惚《みと》れてたでしょ。ダメよ先生。あなたは凜子の大事な先生なんだから」

「何を言ってるんですか。あなたの顔を見て、あなたの今までの人生に何があったのかなあと考えていたんですよ」

「あたしの人生？」

そう言って缶ビールを呷《あお》りながら眼を剝《む》いて俺を見る。

「自分で言うのもなんだけど、大したもんじゃないわよ」

「大したものじゃないでしょうけれど、少なくとも大学教授の祖父がいて、きちんとした家庭だったんでしょう。キャバ嬢が悪いとは言いませんが、高校を出られてから鈴崎凜子と知り合い今に至るまで、どんなことがあったんですか？」

何かをごまかすように、艶然《えんぜん》と微笑んで首を傾げた。

「あたしに興味があるの？　だからダメよって。先生は凜子を幸せにするために熊本まで行くんだから」

「だから、興味があるわけじゃありません」

わざとゆっくりあすかちゃんが寝ている向こうの部屋の方を見た。

「昼間はあすかちゃんがいたから訊きませんでしたけど、あらためて質問しますね。あすかちゃんを熊本まで連れて行かなきゃならなくなったのは本当でしょう。そこは信用してます。では、あなたはどうして仕事に行く格好をしてきたのか。そればかりか、大きな荷物まで抱えてきたのか。そこのところを聞かせてもらえませんか」

　下唇を出すな。子供か。

「どんな格好をしてこようがあたしの勝手じゃない」

「いいですか？　少なくともあなたは馬鹿じゃない。むしろ頭の良い女性だと思います。僕の住所はわかっていても電話番号までは調べられなかったので部屋にいるかどうかもわからなかった。それなのにあなたはあすかちゃんを連れてお店に行く格好をして出て来た。それはおかしなことなんです。僕がいなかったらどうするつもりだったんです？　あすかちゃんをお店に連れて行くつもりだったんですか？」

「もちろん、いったん帰るつもりだったわよ」

「では、何故あんな大きなボストンバッグが必要だったんです？」

「あれは、いろいろよ」

　あくまでもごまかそうというのかこの女。

「あのですね、由希さん。僕はあすかちゃんを無事に鈴崎凜子の元へ送り届けたいんです。不安要素はできるだけ取り除いておきたいんです。あなたの状況はどう考えても夜逃げ同然に出て来たとしか思えないんです。だって」

　言葉を切った。じっと見つめてやる。

「一緒に行ってください、と言ったら、あなた迷ったふりはしたけれど、これ幸いと頷きましたよね。お店はどうなったんです。行かなくていいんですか？　一週間以上は、下手したら往復で半月は休むことになるかもしれないんですよ？」

「メールしたわよ。休みますって」

「そんなメールだけで簡単に休めるものなのですか。半月以上も」

　煙草を吹かして、由希は下を向いた。缶ビールを手にして、こくりと飲む。虫の声が聞こえてくる。

　あのとき、迷ったふりをしながら実は由希は安心していた。一緒に行けると思ってホッとしたのがわかった。それはつまり、これで逃げられる、と思ったからじゃないのか。

　俺を見て、溜息をついた。

「先生」

「はい」

「あなたの言う通りよ。いろいろ事情があるのよ。でも、おいそれと話せることじゃないのよ」

　今度は俺が唇を歪ませた。

「部屋は引き払ってきたんですか」

小さく頷いた。

「まぁそんなようなものね」

引き払うのもそんなに簡単じゃないから、察するに男と住んでいたか？　結婚はしていないだろうから、ヤクザな男とでも一緒にいたか。

いや、それならあすかちゃんを預かるのは難しかったろう。となると、女友達か？　いや違うな。一緒に住むような親しい女友達が鈴崎凜子の他にいるのなら、あすかちゃんを九州に連れて行くためにその子を頼ってもよかったはずだ。それをしなかったということは、やっぱり男か。

「もう一つ気になっていたことがあるんです」

「なぁに」

「あなたのスマホ」

どうかした？　って小首を傾げる。

「今、電源切ってますよね？　普通の若い女性が携帯の電源を切っておくなんてことは、ほとんどありえないと思うんですよ。むしろ、鈴崎凜子さんからいつメールや電話が入るかわからないんだから、常に気にしてもいいはずですよね？」

ふぅ、って息を吐いた。

「確認したのね」

そこの座卓の上に置きっぱなしだったからな。こうやって旅館の部屋に入ったらすぐに充電しなきゃって考えてもおかしくないのに。

「由希さん」

「はいはい」

「確認しますけど、追われているとかじゃないですよね？」

そうなら、早めに言ってもらわないと困る。

3

由希は俺をじっと見た。あれだよな。二十代後半ってのはキャバ嬢としては年いってて盛《さか》りじゃないと思うんだけど、もしこの女が稼《かせ》いでいるとしたらこの眼だよな。きれいな形をしているんだ。そもそもこの女は眼も鼻も口も形がすごい整っているんだ。それが見事に配置されていれば絶世の美女になったかもしれないのに、どっか半音ぐらいずつズレてる。それがまたはすっぱな印象を与えているんだ。惜《お》しかったな。

由希は深い溜息をついた。

それから缶ビールをぐーっと上げて最後の一口を飲み干した。どう考えてもこいつは酒強いよな。そしてきっと酒癖も悪いな。いやわかんないけど、経験上この手の女は酔っぱらうと暴れるんだ。女の酔っ払いが暴れたところでそれはまぁ可愛いもんなんだけど、さんざん暴れた後にどこでも無防備に寝ちまうんだきっと。面倒くさいんだそういうの。

　この旅行中は絶対深酒はさせない。

「先生」

　空いた缶を、そっとテーブルの上に置いた。

「何ですか」

「話すと長くなっちゃうんだけど」

「いいですよ」

　まだ十一時前だ。夜は長い。明日の朝はどうせ何時に出発したっていいんだから、時間はたっぷりある。

　由希は椅子の肘《ひじ》当てに肘をついて、その手に形の良い顎《あご》を載せる。窓の方を向いて、きれいなお月さまを見上げた。その表情に少し笑みが浮かんでいる。

「凜子ともね」

「うん？」

「よくこうやってね。静かな部屋で窓からお月さまを見ながら話した。ほら、あの子の部屋は狭かったからさ。テレビとか点けるとあすかが起きちゃうしね。節約だって言いながら、電気も消してカーテンも開けて、それこそ二人で一本の缶ビールを分け合いながらずっと喋っていたのよ」

なるほど。そんな夜の光景が眼に浮かぶよ。俺もたいがいの貧乏生活は経験しているからよくわかる。そして、そんな話をし出したのはいきなり核心を話すのには心の準備がいるって感じだろう。

いいよ、付き合ってやるよ。どうせ向こうに着くまでは一蓮托生《いちれんたくしょう》の仲間なんだから。

「あの子、カーテンが嫌いだって言ってなかった？」

あぁ、その話か。

「言ってましたね。夜に電気を消すと必ずカーテンを開けていた。防犯上よくないからやめなさいって言っても聞かなかった」

「どうして嫌いか理由も聞いたんでしょ？」

言ってたな。

「小さい頃に、よくカーテンの陰に隠れていたって話ですよね」

「そうそう」

悲しい話だ。そして腹の立つ話だ。

愛人のような生活をしていた母親。その他にも鈴崎凜子の母親ってのは、とことん男癖も男運も悪かった。飲んで男を連れ込んで部屋でやらかす。狭い部屋だったから鈴崎凜子は、部屋のカーテンの陰に隠れて一晩中耳を塞《ふさ》いでいた。そしてそのまま寝ちまうこともあったらしい。

とんでもない話だ。

俺はその話を聞いて、もし眼の前に鈴崎凛子の母親がいたら遠慮しないで拳《こぶし》で殴《なぐ》り倒していただろうと思った。母性ってのを俺はわりと信じている方なんだけど、そんなものを持たない女ってのも確かにいるんだなって思ったよ。

「だから、いつもカーテンを開けて、二人でお月さまを見ながら話したのよ。いつかあたしたちにも人並みな幸せがやってくるってね」

「うん」

しみじみしちまった。しかしまだ肝心の話の端っこにも辿《たど》り着いてないんじゃないか。

まぁいいさ。そういう気分なんだろう。この女も俺と同じで、そんなにいい人生は送ってきてないんだろうさ。同病相憐《あいあわ》れむってもんだ。

「鈴崎凛子さんは、どんな仕事をしていたんですか」

「あの子は、真面目よね。あたしみたいに夜の商売なんて考えなかった。でも普通高校卒業で手に職なんか何もなかったから、最初は小さな会社の事務員になったって話よ。機械の部品だかなんだかを扱っているような会社のね」

普通のＯＬってわけだ。

「でもね」

そこで溜息をついた。煙草を揉《も》み消した。

「運の良い悪いって残酷よね。そう思わない？　先生」

「思いますね。そもそも子供は親を選んで生まれてこられない」

「そうなのよ！」

少し大きな声で言って慌《あわ》てて肩を竦めて襖の方を見た。あすかちゃんはすやすや眠っているだろう。

「凜子だってさ、まともな親の子供だったらきっと素晴らしいとまではいかなくても、普通の人生を送れていたはずよ。でもさ、あの子は本当に運がないのよ」

「その会社で何かがあった、と」

そうね、って小さく言って、少し首を捻った。

「先生方もさ、学校でいろいろあるんじゃない？　先生同士が皆仲良しってわけじゃないでしょ？」

「まぁ、そうですね。同じ仕事をしていたとしても合う合わないというのはありますね」

「そういうつまらないことがね、小さな会社だと大きくなっちゃったりするのよ。特に凜子はさ、美人だし、強く物を言える子じゃないし、でも正直だしね」

そっち方面か。

「御局様《おつぼね》にいびられるとか、美人だから社長にひいきをされてるとか、あるいは凜子さんを巡って男性社員同士がどうこうとか、ですか？」

そんなようなことね、って頷く。

「よくある話っちゃあそうだけど、冗談じゃないわよね。貧乏くじを引かされたのは凜子なのよ。いろいろすったもんだがあって、結局凜子が辞めれば丸く収まるみたいなことになって。小さな会社だったからいられなくなっちゃったのね。いちばん若かったし」

「なるほど」

しかし、と、考えた。あすかちゃんの年齢を考えると、もうその頃には鈴崎凜子は妊娠していたはずだろう。

「あすかちゃんの父親は？　その頃何をしていたんですか？」

うん、と、由希は顔を少し顰めた。

「さっきも言ったけど、凜子はその人のことを全然話してくれないのね。高校卒業してすぐに知り合ってそれであすかを身ごもって、会社を辞めて生まれるまでは専業主婦をやっていたって話よ」

少し考えた。もっとも考えてもよくわからないんだが。

「計算は合うんですか？　その、妊娠と出産の」

由希が苦笑した。

「何となく、かな。あたしもそこはつっこんで訊いてないんだ。言いたければ言うだろうし。言いたくないならそれでいい。重要なのは、どうやってあすかをちゃんと育てるかってことだけでしょ?」

それは確かにそうだ。

「旦那さんの職業は?」

首を横に振った。

「教えてくれないの。それも言いたくないんだろうってね」

「ヤクザかなんかでしょうかね」

由希は、思いっきり首を横にブンブンと振った。

「それは違うって。わかるでしょ? あの子はそんなのに引っ掛かる女じゃないわよ。とにかく私が聞いているのは、あすかが生まれてすぐに旦那は事故で死んじゃって、あの子は乳飲《ちの》み子を抱えて一人で生きなきゃならなくなったってこと。その頃に、あたしと知り合ったの」

「どうやってですか?」

ニコッと笑った。そうそう、そういう自然な笑い方がいちばんいいよあんた。

「あたしも最初っから夜の商売やってたわけじゃないの。あたしは、高校出てすぐに常連で通っていたカフェでバイトを始めていたのよ。そこにあすかを産んだばかりの凜子が面接に来たのね」

　なるほど。同僚ってわけだ。

「年も同じだったし、すぐに気が合っちゃってさ。あたしもちょうど引っ越ししたかったところだったし、一人で暮らすより家賃が安く上がるでしょ？　だから二人で住み出したの」

「子供は？　あすかちゃんはどうしていたんですか。そんな赤ん坊をおいて働けないでしょう」

「そこのカフェっていうのはね、オーナーがシングルマザーだった人なのよ。だから、小さい子供を育てながら働くお母さんのためにちゃんとしてくれるのよ。お店の裏がオーナーの家で、子供を預かってくれたのよ」

「それは、いいですね」

「とは言っても大変だったわよ、凜子も。その辺は細かいことだし頑張ったってことで済ますわよ。その証拠に、あすかはいい子に育ったでしょ？」

「そうですね」

　それはわかる。本当に頑張ったんだと思う。

「幸いっていうのは悔しいけど、あの子の親ね。遠くにいて凜子のことなんか忘れて放っておいていたけれど、多少のお金だけはずっと送ってきていたみたいだったし。高校時代もそうだったんでしょ？」

「そうですね」

それも聞いていた。親との繋がりは毎月振り込まれるお金だけ。

「あなたの方はどんな親だったんです？　おじいさんは大学教授でそれなりの家庭だったんでしょう？」

苦笑いした。

「親は、そうね。普通とは言い難《がた》かったかな」

少し下を向いたその表情に、何かが浮かぶ。自分の家のことは話し難《にく》いか。

「父親は平凡なサラリーマンで、母親は専業主婦よ。裕福ってわけじゃないけど貧乏ってわけでもない。ただまぁ」

溜息をついた。

「父親は仕事と会社の付き合いばかり。母親は自分の趣味ばかり。子供なんか、ご飯を食べさせて学校に行かせておけばいいって感じかな。気がついたら、皆で一緒にご飯を食べることもなかったし。嫌だったらおじいちゃんおばあちゃんのところに行ってればいいわ、みたいなもんよ」

「おじいちゃんおばあちゃんは、自分の娘だか息子だかに説教はしなかったのですか？」

「娘ね。母方の祖父母よ。そっちの関係もこじれていたみたいでね。でも、おじいちゃんおばあちゃんは私には優しかったから」

それで、祖父母の家で暮らすことになったのか。

「あたしもね。親のせいにするわけじゃないけど、凜子とは真逆の学校生活よ。勉強はしないわサボるわで、親はさっさとあたしを厄介《やっかい》払いしようって必死だったわよ。とにかく新聞沙汰にだけはなってくれるなって感じでさ」

唇を尖らせる。その言い方と表情は怒っているんじゃないな。そういうのはわかる。

「本当は親の愛を信じたかったのに、その親に信じてもらえずにひねくれてしまった子供って感じですか」

「やぁねぇ、先生みたいな言い方、あ、先生か」

けらけらと笑った。

「わかるんでしょ？　長年高校教師やってきたんだから、あたしみたいな生徒のことは」

「まぁ、多少は」

教師じゃなくたってわかるさ。俺の親も似たようなもんだったからな。自分の子供が何を考えてるのかわからなくて、怖くて、ただひたすら無視するかおどおどするかどっちか。

親になったからって、すべての人間が立派になるわけじゃない。どうしようもない人間はどうしようもない親になるんだ。

「今もご健在なんでしょう？　親御さんは」

「まぁね。何年もまともに連絡は取ってないけど、死んだら電話ぐらいくるだろうから、生きてるんでしょ」

小さく息を吐いた。

「先生の親御さんは？　どんな人なの？」

「教師でしたよ。父も母も」

「あら」

そうだったの、って微笑んだ。

「職場結婚だったの？」

「そう聞いていますね」

そう、片原修一の両親は二人とも教師だった。

「ただし、小学校の教師ですけどね。二人とも」

「じゃあ、真面目な両親だったのかしら」

「真面目といえば、そうですね」

二人とも真面目で、そして優しい人だったよ。家の中でも学校でも、声を大きくして怒ることなんかなかった。それは、よく知っている。

「ただ、これは個人的な感想ですけどね。教師っていうのは、特に小学校の先生はクラスの子供たち全員に愛情を持って接するわけですよ。そうしなきゃ先生という仕事はやっていけない。子供たちもそうですよね？　いくらこんな時代だって言っても、小学校の頃はたいていは『先生、先生』って甘えるし慕《した》ってきますよね？　あすかちゃんもそうじゃないですか？」

「そうね。そう思うわ」

「だから、自分の子供への愛情も平均化しちゃうような気がしますね」

「平均化？」

「自分の子供だけ特別扱いはしない、って、そう意識していなくてもなってしまうんですよ。全部の子供たちに同じように愛情を注ぐんです。その結果、教師の子供は少し淋《さび》しい思いをしちゃう場合があるような気がしますね」

　ふぅん、と、由希は真面目な顔をして俺を見る。

「先生はそう思っていたの？　親は自分を特別扱いしないって」

「だって、同じ学校に通っていましたからね。否が応でもそう感じるでしょう。口に出しても言われましたしね。学校では特別扱いはしないからなって」

「考えてみれば、そうかもね」

　だからって、ひねくれて育ったわけでもないけどな。

「親の立場はわかっていましたよ。〈皆の先生〉なんだからしょうがないって。むしろ、自分がしっかりしなきゃ親の立場が悪くなるんだろうなって一生懸命勉強しましたよ」

すごいわねって由希が言う。

「しっかりした子供だったのね」

「まぁそれもそういう環境だったからなんでしょう」

それでもすごいわって言う。

「あたしなんてね。子供の頃の自分が甘えていたってのも、この年になって少しはわかるようになったけどさ。それでも、もっとちゃんとした人が親だったら、あたしの人生も違っただろうなって思うわよ。もちろん、それも言い訳だってわかるけどね。悪いのは結局あたしなんだなって」

「そう思えるなら、大丈夫じゃないですか。まだ若いんですから全然やりなおせますよ。これからの人生」

「あら、ありがと先生」

俺をじっと見る。

「あたしも先生みたいな人が担任だったら、凜子みたいなまともな女子高生になれたかも」

「僕だってそんな大した男じゃありませんよ」

それは本当だ。本当にろくでもない男なんだが、それはまぁいい。まだ正体を明かすのは早い。

「ずっと鈴崎凜子と一緒に暮らしていたわけではないんでしょう？　今は別々に暮らしているんでしょうから」

「そうね。あすかが小学校に入った頃までよ。四年ぐらい前ね。凜子が今の会社、ぁぁ今度は大きな会社よ。スポーツ用品の会社。知ってるでしょ？」

札幌市内でも大手の会社の名前を出した。そうか、あそこで働いていたのか。俺もスニーカーを買いに行ったことがある。

「基本的には裏方、事務職よ。ときどきお店に出て販売の手伝いもするらしいけどね。いい会社なのよ。そこも社長さんがとても理解ある人で、シングルマザーみたいな境遇の人もちゃんと働けるようにしてくれてるの。そもそもさっき話したカフェのオーナーと知り合いなのよ。紹介してもらったの。凜子には店員より事務の方が向いているって」

「なるほど」

そういうのは大事だよ。そういうのこそ大切なんだ。

「あなたはどうしてそういうところに就職しなかったんですか」

「あら」

苦笑した。

「あたしは、客商売の水が合ったのよ。いるでしょ？　そういうタイプの女って。最初はカフェだったけど、そのうちにね。お客さんに誘われるままにススキノの方へ移っていってさ。手っ取り早く稼げるしある程度の楽もできるし」

「まぁ、そうですね」

確かにそうなんだ。水商売に向いている女っていうのは存在する。その中でも、その水の中を自由に泳ぎ回れる女と、ずぶずぶと泥に沈んでいっちまう女の二つに分かれるわけだが、由希は前者だろうな。

「でも、鈴崎凜子は反対しなかったんですか。一緒に住んでいたのに」

「別に身体を売るわけじゃなかったしね。あたしの人生はあたしのものなんだし。それでまぁお互いに頑張ろうってね。それにさ、ちょうどいいじゃない。あすかが学校から帰ってきて、凜子が仕事から帰ってくるまでの間、あたしがあすかの面倒見られるのよ。ちょうどいいでしょ？　夜の商売の女が一緒にいちゃあ、あすかの教育上もよろしくないから部屋は別々に借りたけどね」

楽しいんだろうな。鈴崎凜子は由希と一緒にいると。そして由希もそうだ。二人で一緒にいるのが何よりも好きなんだろう。心が潤《うるお》うんだきっと。文字通りの親友ってやつだ。そういうのは過ごした年月じゃないんだ。会ったばかりでもそんなふうに思える友人ってのはいるんだ。

由希が、口を閉じた。小さく息を吐いてまた月を見上げた。テーブルの上の俺の煙草を手に取って、ニコッと笑って一本抜くとまた火を点ける。

「でも、あたしもね。最近は、いつまでもこんなことをやってられないって思ってたわ。もう二十八歳だし」

「九じゃないんですか」

「まだ八よ」

はいはい。大事なことだよね。

「かといって、お店を辞めて他に何をしたいって考えがあったわけじゃないしね」

「結婚は考えなかったんですか」

「考えない女がいるはずないでしょ。でもね、寄ってくるのはまぁあたしとどっこいどっこいのどうしようもない男ばかりなのよ」

同じ水商売の男とか、ヤのつく商売とか、そこまでいかなくても怪しい商売をやってる連中とかだろう。

「そこは妥協したくなかったのね。あたしの唯一守っていた部分かもしれない。いつか白馬の王子様があたしを迎えに来るっていうのは」

「なるほど」

「笑わないの？」

「笑いませんよ。そこは大事なところでしょう」

「あら、意外。先生って人種はそんなのは笑い飛ばすか顔を顰めるかだと思ってた」

「それこそ誤解ですね」

教師ってのはね、そんなんばかりでもないのさ。俺はよく知ってる。

「もちろん頭の堅い奴やおかしな奴もいますよ。でも、本当にいい教師っていうのは自分の理想を高く持っているもんなんです。そしてそういう人は、他人の理想を笑ったりしない。たとえ現実を知ってしまった高校生相手だろうと、夢とか理想を語ることを捨てた教育なんかしていたら、ろくな人間にならないでしょう？」

由希が少し眼を大きくさせてから頷いた。

「教師は勉強の仕方を教えるのが商売ですよ。でも、勉強を教えるだけなら塾の講師の方がよっぽど上手いんです。本当の意味での学校の先生の仕事っていうのは、生徒に、夢と希望はこの世にちゃんとあるってことをわからせることなんですよ。教育っていうのはそういうものなんです。〈教えて、育てる〉んですよ」

まぁこのセリフは、受け売りなんだけどな。

由希は眼を丸くしたよ。

「そうよ。その通りなのよ。さすが凜子が惚《ほ》れた先生だわ」

それもまぁ間違っちゃいない。このセリフを言ったのは確かに片原修一なんだからな。

由希はにこにこしながらまた紫煙をくゆらす。

「でもね、まぁ暮らしていけば理想を忘れちゃったり、垢にまみれることもあるわよね。あたしもちょっとね、そういうろくでもない男と一緒にいたこともあったの。でも追い出したけどね」

「その男が、今回のことに関係してくるんですか？」

由希が俺を見る。顔がマジになった。唇を一度引き締めた。

「あたしね、先生」

「はい」

「先生のことを信用し切っているの」

微笑む。その顔は、心の底から「本当よ」って言ってる顔だった。本当に信じようとしているんだからね、と、全身で訴える女。

「凜子は、先生のことを本当に大切に大切に思っていた。今もそう。だからあたしも、あすかを預けようとしたの。そりゃあね。凜子のことを一生幸せにしてやってよっていうのは、さすがに言い過ぎだと思うわ。先生には先生の暮らしも考え方もあるしね」

ここは、黙って小さく頷くだけにしておく。重要な部分だからな。

「もし、いろんな意味で、先生が裏切ったらあたし一生許さないから。押し掛けておいてなんて言い草だって思うだろうし、あたしが許さないからどうだって話なんだけどさ。でも、この気持ちだけは、理解してくれる？」

今度は大きく頷いた。

「理解はできます。だから、あすかちゃんを連れて行こうと思ったんですよ」

由希はそれから黙ったままそっと立ち上がって、部屋の隅に置いてあった自分のボストンバッグを持ってきた。

座って、膝の上に載せて、ジッパーを開けてバッグの口を大きく広げた。見えるのは服とか小さなポーチとかそういう旅支度のもの。何をするのかと思ったらそれを少しずつ出してテーブルの上に重ねていく。

ある程度出したところで、バッグの中身が俺に見えるように、向けた。

思わず声が出そうになるのを堪《こら》えた。

そこに、札束があった。

百万円の束がいくつも。

「三千万円あるわ」

☆

「さーて、行きましょうか」

旅館を出たところで空を見上げた。天気はピーカンだ。気持ち良過ぎてコワイぐらいの日本晴れ。

　夏の北海道なんてこの世で最高に気持ち良い場所なのに、わざわざ蒸し暑い本州に行かなきゃならないっていうのが若干心に雲が掛かっちゃうけどな。まぁそれはしょうがない。向こうは向こうでそれなりにいいところだろう。

「あすかちゃん、忘れ物はないかい？」

「うん」

　今日はピンクのTシャツを着て、俺を見上げてにっこり笑う。いいね。夏の陽射しに子供の笑顔はお似合いだよな。

「あたしには訊かないの」

「あなたは大人でしょう。何言ってるんですか」

　ブーたれる。本当に子供みたいなところあるよなこの女。それに、あんなものが入ってるんだから絶対に忘れ物なんかしないだろ。したら心底びっくりするぜ。

「それで、先生」

「何ですか」

「本当にいいの？　宿代も何も払わないで黙って出てきちゃって」

「いいんですよ。話はついてますから」

　向こうにしてみればさっさと出ていってくれってところだ。俺みたいな男には二度と関わりたくないだろうからな。

ふーん、って由希は少し口を尖らせる。

もうわかったけど、この女はバカなフリをしているだけで、いろいろと鋭い。学校の成績は悪かったかもしれないけれど、生きる知恵は持っている女だよ。

だから、信用はしているんだろうけど、俺が見た目通りの真面目そうな男じゃないってことは、もうわかっているかもしれない。まぁそれだけわかってもどうしようもないだろうけど。

正直に言う。

いや今はまだ言わないけど心の中だけで言う。

ヤバい橋はたくさん渡ってきた。そりゃあもうおいそれとは人に言えない話ばかりだ。俺に文才があればそれを小説にして直木賞でも取って一儲けしたいところだ。ついでに出版社の編集者をだまくらかして前借りできるだけしてさ。不況だ不況だっていっても、まぁそれでしばらくの間はのんびりできるぐらいの金は何とかなるだろ。それこそ、あのボストンバッグの中に入っている現金ぐらいは。

てなことを考えているのも、ひょっとしたらいつかは見通すかもしれない。それでも熊本に着くまでは、あすかちゃんを無事に鈴崎凜子に届けるまでは、騒ぎはしないだろうさ。俺だってそうだ。乗りかかった船だ。最後まできっちりと約束は果たす。

そこから先は、まぁお楽しみってところだ。

駐車場の車のところはちょうど木陰になっていたので、朝からの強い陽射しでも車の中は暑くなってなかった。今日もラッキーだな。

荷物を放り込む。

「今日はどこまで行くの先生」

「そうですね」

まぁ本当にお金はないので、いやあるけどな、それは置いといてなるべく安いルートで行くしかない。

「やっぱり函館から青森の大間《おおま》でしょうね。最短ルートで本州に上陸します。車で海を渡るにはフェリーしかないから」

「そうよね。でも」

「でも？」

にっこり笑った。

「楽しみだわ。あたし、フェリーに乗ったことないから。ねぇあすか、船に乗れるって！いいよね？」

「うん！」

あすかちゃんもにっこりだ。そいつは良かった。

「どれぐらいの時間乗ってるの?」

「函館から大間は、一時間半ぐらいですね」

あら、って少し驚いた。

「そんなもんで着いちゃうのね」

「着きますよ。函館と青森なんて晴れた日にはお互いに見えるぐらいに近いんですから。

そりゃあもっと遠くに着くフェリーもありますけど、それだけお金が掛かりますから」

「そうよね」

「それでね、問題がひとつあるんですよ」

「なぁに」

これが大問題なんだけどね。

「由希さん、あすかちゃん」

運転席に座って、後ろに乗り込んだ二人を振り返った。真剣な顔で見つめると、二人も
心配そうな顔をした。

「何よ先生。何が問題なの」

「僕はね。船が何よりもダメなんですよ」

「ダメ?」

これは、本当に、本当だ。

「一歩乗っただけでもう船酔いです。ですから、乗ってる間と向こうに着いてしばらくは再起不能になりますから、その間の僕の世話をお願いしますね」

　そりゃあもう大騒ぎなんだ。由希が、「あ！」という顔をした。

「ひょっとして先生。朝ご飯、あんまり食べないから随分小食なんだなーって思ってたけど」

　それから、嫌そうな顔をしたよ。

「そうですよ」

　食べたものをリバースしてしまってもまずいので、お昼ご飯も晩ご飯も明日の朝ご飯もあまり食べませんよ。それぐらい慎重にしないとならないほどに、船はダメなんだ。

「絶対にご迷惑をお掛けする自信だけはたっぷりありますので、本当によろしくお願いしますね」

「そんな自信持たなくてもいいわよ」

　まぁいいわよって言ってから頬っぺたを膨《ふく》らませた。

「酔っ払いの相手には慣れてるわよ」

　違う酔いだけどな。本当に済まないけど頼むよ。エンジンを掛ける。サングラスを掛ける。車を発進させる。本格的なドライブの始まりだ。

「どれぐらいで函館に着くのかしらね」

「五時間か、六時間ですね。休憩もしなきゃならないし、お昼ご飯も食べるしで、どのみち今日は函館で泊まりですね」

「あら、夜のフェリーはないの？」

「大間行きの最終は夕方なんですよ」

ってていうか人に訊く前に少しはググれよ。何でも人任せは良くないぜ。

「ですから、今夜は函館で初めての車中泊ですね。まぁ、函館にもいい温泉はたくさんありますからそこでさっぱりして、明日の朝早くにフェリーに乗りましょう」

「で、その青森の大間ってところからはしばらくあたしが運転するのね」

「たぶん」

撃沈することは間違いない。俺はこの世に苦手なものってほとんどまったくないんだけど、自慢じゃないが、船だけは本当にダメなんだ。

「公園のスワンボートでもダメですよ。もう想像するだけで酔いそうで」

「大変ねぇ。あらでも先生、修学旅行で船とか乗らなかったの？」

「幸いにもなかったんですよ。あったら一人だけ違う方法で移動しましたね」

そう言った瞬間に思い出したことがあって、「あ、しまった」って思ってコンマ何秒で言い訳を思いついてまたコンマ何秒かでそれを言われてもいい態勢を整えた。ルームミラーでそっとあすかちゃんの様子を観察した。

これが俺の才能なんだよな。今まで俺を生かしてきた。

どんな場合でも状況でも先回りして予測を立てられる。これだけで生きてきたみたいなもんだ。

「お母さんが」

予想通り、あすかちゃんの声が聞こえてきた。

「ん？　なぁにあすか」

「お母さん、片原先生とボートに乗ったことあるって言ってた」

「え？　本当？　先生と？　なにそれ、あたし聞いてないわよ」

先生？　って由希が甲高い声で呼ぶ。聞こえてるよそんな大きな声出さなくてもさ。

「よく覚えていたなぁ」

運転しながらだから、向こうには俺の顔が見えない。あすかちゃんに心配掛けないように声に表情をつける。今のは笑っているからねって雰囲気を精一杯に込めた。子供に心配掛けるのはいちばん良くない。

「お母さん、あすかちゃんに話したの？」

うん、って声が聞こえてくる。

「前に一緒にボートに乗ったときね。学校の先生とも乗ったことあるって。すごく楽しかったって」

そうか。鈴崎凜子も覚えていたのか。

「何よ先生。それ大丈夫だったの？　デート？」

「違いますよ」

違うんだ。

「新聞部の取材だったんですよ」

「新聞部？」

そう。鈴崎凜子が三年生のときだったかな。

「当時、高校の近くの公園がなくなるっていう騒ぎがあってね。そこの公園とか、池のボートはもう学生たちのデートスポットの定番だったんですよ」

あぁ、って由希は頷いて公園の名前を出した。

「あたしもそこでボートに乗ったことあるわ。そういえばそんなことがあったわね。公園を潰《つぶ》して何か別の施設を造るとかなんとか」

「そうです。それで、反対運動を起こしてね、その取材記事を書いて保存活動をしたいということで写真を撮ろうという話になって」

「先生と凜子がボートに乗ったの？」

「教師代表と生徒代表ということで、一緒に乗って僕がボートを漕ぎました。その写真を撮ったんですよ」

「いいわねぇ。思い掛けないデートだったんじゃないの。でもそのときは先生どうしたの」

「大変でしたよ」

もちろん鈴崎凜子は片原修一が船がまるでダメなのは知っていたから、いつ何時それが来ても大丈夫なようにビニール袋を抱えていた、ってことにする。

「写真ではいかにも楽しそうに写っていましたけどね、ボートの上は戦場さながらの緊張感が漂《ただよ》っていましたよ。鈴崎凜子は一分置きに『先生大丈夫？　大丈夫？』って言ってましたよ」

おかしそうに由希もあすかちゃんも笑う。オッケー、ごまかせたな。車はナビにしたがって、小樽から函館まで一般道を通るルートをゆっくり走っていく。

念のためっていうか、まぁそんなことにはならないって思うけどな。一応、ルームミラーやバックミラーで後ろをときどき確認する。あすかちゃんの様子じゃない。もちろん由希じゃない。

尾《つ》けてくる車はないかってさ。

懐かしの名車、スカイラインが。

☆

「三千万あるわ。まだ一円も手を付けていないけど」

とんでもない大金。

まぁ拝《おが》んだことはないとは言わないけれど、滅多《めった》に見られるものじゃない。だけど、今の俺は先生だ。慌てて手を伸ばしたりしない。

顔を顰めてみる。

「どういうことですか」

「どうもこうも、あるのよこうして」

「まさか、犯罪絡《がら》みのお金ですか。どこかから盗んできたとかですか」

「見損《みそこ》なわないでよ」

睨んだ。

「あたしはこれでも善良な市民のつもりよ。死んだってそんなことするもんですか」

そりゃ済みませんね。

「じゃあ、あなたが貯めたお金ですか？」

キャバ嬢なら、そして由希の年齢を考えるなら、これぐらいのお金を貯めるのは全然不可能じゃない。俺の知り合いにも千万単位で貯めている子は何人かいる。

「あたしの貯めたお金は、ちゃんと銀行に入れていたわよ。って言ってもあたしはなかなか貯められなくて、入っていたのはせいぜい三百万円ぐらいかしら」

それでも大したもんだと思う。っていうかそんなにあるんなら飛行機代ぐらい出せるだろうと思ったら由希は、もっとも、って続けた。

「そのお金は、さっき話したろくでもない男にほとんど持っていかれたんだけどね。立場が逆だけど手切れ金みたいなものよ。お金ならありったけあげるから、もう二度と顔を出さないでって。それでその男と縁が切れるなら安いもんだわって思ってね」

そうか。

それで飛行機代もなかったのか。おかしいと思ったんだ。キャバ嬢なら十万二十万ぐらいの金には困らないはずなのに。

「じゃあ、このお金は」

「簡単な話よ。宝くじに当たったの」

「宝くじ」

「ついこの間発表になったやつ」

あれか。俺は宝くじとか賭事はからっきしダメなんで買ったことも張ったこともないんだが。

「当たったんですか」

「そう言ったでしょ」

すごい。大した運の持ち主だ。

「じゃあ、これは由希さんのものじゃないですか。どうして使わないんですか。これなら僕を頼らなくたって、熊本だろうがニューヨークだろうがオセアニアだろうがひとっ飛びでしょう」

「何でオセアニア」

「思いついただけですよ」

「違うのよ」

「何が違うんです」

ふぅ、と溜息をつく。

「その宝くじはね、ろくでもない男が出ていくときに置いていったのよ。『俺が買ったやつだけどお前にやるよ』って言ってね。それこそ俺からの手切れ金だとか抜かしやがってさ。でも番号は控えているから当たったら取りに来るからさ、とか捨てぜりふを吐いてね。あいつ、そういうところはせこくてみみっちい男だからゼッタイに番号は控えているわ。だから、これが当たったことも知ってるはず」

そういうことか。

「じゃあ、その男から逃げるために」

そうよ、って頷いた。

「放っておけばあいつが戻ってきて取り返しに来るわ。だからさっさと銀行に行って受け取ってきて部屋から逃げて凜子のところに行ったの。とりあえずこのお金のことは内緒にしてね。そうしたら凜子は」

「何ていう皮肉なタイミングか、どうしても親のいる熊本に行かなきゃならなくなってしまった」

「そう。あすかを預かることになって、そうして」

さらにとんでもないタイミングで鈴崎凜子は病気になって向こうで入院してしまった。あすかちゃんを熊本に連れて行かなきゃならなくなった。

そして、片原修一のことを思い出したのか。

「それにしたって、このお金を使えば自由に動けるでしょう。どうしてわざわざ僕のところに来たんですす」

由希は、ほんの少し首を捻った。ふわふわの髪の毛が揺れる。

「そうね」

そうね、って二度繰り返した。

「何でなのかなぁ。そうしちゃいけないって思えちゃったのよ」

「そうしちゃいけない？」

「あたしのお金じゃないわ。神様が与えてくれたお金よ。そういうお金は、使うなら、凜子のために使いたいって考えちゃったの。あたしみたいな、ろくでもない女が自分のために使うんじゃなくて、凜子みたいに、一生懸命生きてる人間のために使わなきゃダメだって」

そう言って、唇を引き結んだ。

「そう思っちゃったのよ。そして、決めたの」

このお金を全部凜子に渡す。

由希はそう言った。

☆

「先生」

由希が後ろから近寄ってきて、小声で言った。一時間も走ったか。ずっと二人であれこれ話しているうちに妙に静かになったと思ったら、あすかちゃんは眠ってしまったらしい。

ひょっとしたら昨夜《ゆうべ》は枕が変わってよく眠れなかったのかもしれない。ルームミラーを動かして確認したら、可愛らしい寝顔が見えた。熟睡してる。少しエアコンの温度を上げた。風邪を引いてもまずい。

由希はそのまま器用に身体を折り曲げながら音も立てずにするりと助手席に乗り込んできた。身体は随分柔らかいらしいな。

「大丈夫よね？」

何を訊いているのかはわかった。

「今のところは、問題ないですね。尾けられている様子はありません」

その、由希が二度と会いたくないというろくでもない男。

名前は安藤正隆《あんどうまさたか》っていうらしいが、まさか由希が車で熊本まで行くとは思ってないだろうし、宝くじに当たったことをわかっているとして、遠くへ行くなら飛行機を使うと思うだろう。

で、その安藤ってのが乗ってる車が二十年落ちのスカイラインだそうだ。ろくでもない男らしいが車の趣味はいいらしい。

そうか、それで由希も車にはうるさいとか言ってたのか。

「確認しますけど、スカイラインですね？　色は白」

「白っていうより、クリーム色かもしれない」

「一応、気をつけますけどね。心配ないですよ。こんなに早く見つけられるほど優秀な男じゃないんでしょう？」

「そうね。それはそう」

「もし見つかるとしたら、余程運が強いか、単なる偶然でしょう」

見つかったところで、たかがチンピラ一人だ。由希の話によるとヤのつく職業に近いところにはいるが、構成員でもないらしい。だから由希がどこへ行ったかなんてのを組織的に探れるはずもない。由希の親のところへ行ったって彼らも何も知らない。

ただ、唯一の不安要素は、鈴崎凜子の存在だ。

二人を会わせたことはないが、凜子が由希の仲の良い友達だってことは知ってるそうだ。もちろん名前も。そして鈴崎凜子がスポーツ用品店で働いているってことだけは知ってる。

どこの会社かは言ってないそうだが、札幌の大きなスポーツ用品店なんかそんなにはない。その気になってひとつひとつ当たっていけば、鈴崎凜子が働いていた会社はすぐに知れてしまうし、彼女はもちろんちゃんとした休暇を取っているから、ひょっとしたら行き先も告げているかもしれない。ましてや入院してしまったんだから、勤め先にきちんと事情も連絡しているだろう。鈴崎凜子はそういう女性だ。

たとえチンピラ一人だろうと、一般市民は脅《おど》されたら弱い。

つまり安藤とかいうチンピラが、鈴崎凜子が熊本にいることを知って、大金を持った由希がそこへ行くだろうと待ち伏せしている可能性は十分にある。

「また確認ですが、仮に安藤正隆くんが先に熊本に着いたとして、そして凜子さんの病院をつき止めたとしても、女性に手荒なことをするような男じゃないんですね？」

「それは大丈夫よ。荒っぽくもないむしろ優男よ。全然そんな度胸のある男じゃないわ」

話を聞いてやれやれと思ったが、まぁ想定内だ。チンピラ一人ぐらいならどうにでもなる。あくまでも、一人ぐらいなら、だけどな。

それに、その程度の修羅場なら星の数ほど経験している。

普通の教師ならありえないだろうが、俺は教師じゃないからな。

詐欺師だからさ。

片原修一という名前の高校教師ではなく、篠田高之《しのだたかゆき》という名前の詐欺師。

鈴崎凜子の恩師である片原修一とは、親友だ。

もう三十年来の。

4

乗船手続を終えると、駐車場で一人車に残ってなるべく海を見ないようにしていた。

いや、海は見ても平気なんだが、見ちゃマズいのはフェリーだ。船が揺れているのを見るだけでもう気持ちが悪くなってきそうなんだ。正確にはフェリーが港に泊まっていたとしてもそこまで揺れてるようには見えないはずだが、駄目なんだ。フェリーターミナルが近づいてきたところで由希に運転を代わってもらって、後ろの座席でずっと下を向いていた。

我ながら情けない。

由希とあすかちゃんはフェリーターミナルにいる。ショップやらレストランがあるからぐるっと回ってるはずだ。

煙草に火を点ける。開け放した窓からは海の匂いが、潮の香りが入り込んでくる。短い北海道の夏でもこうして海の匂いを嗅《か》ぐと気持ちが盛り上がってくるよな。海水浴なんかいかなくなって随分経つがあすかちゃんなんかはわくわくしてるだろう。キャンプもできる海水浴場なんかを調べておくか。

どこがいいか。東北の方じゃあ、悪いがあまり気分が盛り上がらないか。少し遠回りになるが湘南《しょうなん》とかあっちの方に行った方がいい思い出にもなるだろうか。でも子供にしてみれば海なんかどこでも同じか。ぼんやりと考えていたら、突然助手席のドアが開いて、髪を振り乱した女が下から這い上がって乗り込んできた。

「何してるん、ですか⁉」

ちょっとビビった。思わずいつもの口調になるところを慌てて軌道修正した。

由希だった。息を切らした由希がまるで這いずるようにして助手席のシートの前に潜り込んだ。

「ドア閉めて！」

とにかく緊急事態なんだろう。身体を伸ばしてドアを閉めた。

「あすかちゃんは？」

「大丈夫、後から来るからそれより先生！　あいつがいた！」

「あいつ？」

「男よ！」

シートの前から髪を振り乱した女に見上げられると、午前中でも背筋が寒くなるってことを勉強したよ。こんなホラー映画があったらかなり怖いぞ。

「男って」

そこで、理解した。

「安藤正隆、ですか？」

「そうなのよ！」

小さい声で、由希が強く言う。

「どうしてここにいるのかわかんないけど！　いたの！　ターミナルのショップに！　慌てて見つからないように走って出てきたんだけど！　いない？　見つかっていない？」

何だってまた。話を聞いた昨日の今日だぞ。

周囲を見渡した。だだっ広い駐車場だ。ターミナルの方を見ると当然フェリーの姿も見えてしまうが、今は緊急事態だ。こっちのアドレナリンも出てるらしく、今のところは大丈夫だ。

午前中だ。それでもフェリーを利用する連中がけっこういるらしくて、車の数は多い。そして数人、外を歩いている姿がある。あすかちゃんが小走りでこっちに向かってきて、後ろの座席のドアを開けた。

「どうしたの由希ちゃん！」

眼を真ん丸くしてびっくりしている。そりゃ驚くよな。そして最悪なことにここはごまかしようがない。由希はまるで何かの妖怪みたいにシートの下に丸くなっている。

「あすか！　静かにして！　私の名前を呼ばないで！」

窓が開いているから聞こえるかもしれないな。小さく、でも強く由希が言うと、あすかちゃんは自分の口を両手で塞いで、眼をぱちぱちしている。

「由希さん」

「なに」

「安藤正隆くんっていうのは、細身で髪が少し長めでなんだかテラテラしたスーツを着るような男ですか」

「そうよ」

「いますね。何だかきょろきょろしています。由希さんの姿を見かけたような気がしたんでしょうかね」

「ええっ？」

最悪のパターンがここで展開されてるってことか。あすかちゃんが何が起こっているのかと、俺と由希の顔を交互に見ている。もう隠してはおけないな。

「由希さん」

「何よ」

「あすかちゃんにも事情を話しますよ。これ以上不安にさせるのは可哀想だし、事情を知らないと対応もできません」

由希があすかちゃんを見て、顔を顰めた。

「ごめんねあすか。後でゆっくり謝るから」

「あすかちゃん」

「はい」

大丈夫だ。この子は頭が良い子だ。大人の事情も全部呑み込んで今までお母さんと、鈴崎凛子と一緒に生きてきたんだ。

「詳しいことは後で話すよ。由希さんはね、あそこにチラッと見えるおじさんに追われているんだ」

「追われてるの？」

「由希さんの昔の恋人なんだって。嫌な男でもう別れたんだけどしつこくて由希さんを追ってきたんだ。そして、たぶん由希さんが熊本に行くことを嗅ぎつけて、あの男もフェリーに乗って行くつもりなんだと思う。だから、見つかっちゃったらものすごく困るんだ。今、そういう状況なんだ。わかるね？」

あすかちゃんは俺の顔を見て、しっかりと頷いた。大丈夫だな。理解してる。

「どうしよう先生」

由希が情けない声を出す。

「どうしましょうかね」

もうそろそろ船に乗っていいはずだ。車も動かして係員の指示に従って乗せていく時間。安藤正隆くんも車に乗る頃だろう。

「確か、同乗者は車を降りて別々に乗船するんですよね」

「そうだって」

安藤正隆くんをぶん殴って気絶させることぐらいはできるだろう。ラフな場面の経験はある。だが、人目がある。あすかちゃんもいるからそれは避けたい。

何とかして穏便に、安藤正隆くんをここから退場させなきゃならない。脅すだけじゃあ駄目だしそもそも脅す材料がない。

どうするか。

あすかちゃんと眼があった。怯えている眼じゃない。

「由希さん、安藤正隆くんはあすかちゃんの顔は知らないんですね?」

「もちろんよ。存在さえ知らないわ」

そしてもちろん、俺の顔も知らない。それしかないか。外を見て安藤正隆くんの姿を確認する。普通に歩いて、駐車場に向かっている。どうやら何も警戒していない。そりゃそうだな。まさか同じフェリーに乗るなんて思ってもいないだろう。

間違いなく、安藤正隆くんは鈴崎凜子の情報を得たんだ。熊本で入院中だと。そうでなけりゃフェリーに乗って本州に行くはずがない。飛行機を使わないのは本人も金がないからだろう。入院中なら由希が飛行機で行っても充分間に合うと踏んだんだろう。ひょっとしたらもう病院に電話して、鈴崎凜子を電話口でだまくらかして、由希がしばらく後に着くことを確認済みなのかもしれない。

「凜子さんには車で行くことを教えたんですか?」

由希が首を横に振った。

「退院する頃に合わせて行くわってメールしただけ」

それなら安藤正隆くんも自慢の車でのんびり行けばいいかと判断したんだろう。

「もう一度確認ですが、彼は見かけ通りの優男《やさおとこ》ですね？　実は相当やるとかないですね？」

「ないわ」

「それなら、しょうがないですね。少し危ない橋を渡ります」

「危ない橋？」

あすかちゃんを見た。

「あすかちゃん。由希さんとお母さんのために、先生と一緒に頑張ってくれるかい？」

少し眼を大きくしたけど、力強く頷いた。

「うん！」

「よし、いいかい。外を見るんだ。ほら、もうあのおじさんが車に近づいているだろう？」

「うん」

「帽子を被って、先生と一緒に車を降りて、急いであのおじさんの車に後ろから近づくんだ。そして、あのおじさんが車に乗ったら見つからないようにそっと近づいて、窓をノックするんだ」

「ノック？」

「そう。そうしたら、あのおじさんは驚いて窓を開けるかドアを開けるかする。そうしたら言うんだ。顔を見られないようにね。『左側の後ろのタイヤがパンクしてるよ』って」

「パンク」

「そうだ。そしておじさんが降り出したら、すぐにあすかちゃんは車から離れてここに戻ってくるんだ。戻る姿を見られないようにしゃがんで車に隠れながら走るんだよ。いいね？　由希さんはここで待っていてください」

一発勝負だ。

俺は安藤正隆くんが出てくるのを隠れて待つ。あすかちゃんに言われて驚いて出てきて、タイヤの様子を見たところで後ろから蹴り倒す。しばらく動けないように腹を蹴る。エンジンが掛かっていればすぐさまキーを抜いて立ち去る。

それで彼は、移動手段を失う。

あすかちゃんの顔は帽子を被っていたから見られていないはずだ。すぐに着替えさせて、由希と一緒に乗船させる。俺も何食わぬ顔で車を出して、乗船位置にまで行く。

安藤正隆くんは、車を出せない。つまり、フェリーに乗れない。

車大好きな彼は、まさかご自慢のスカイラインを置いて身ひとつでは乗らないだろう。そもそも金がないから車で行くんだろうから。

☆

船の中で、フェリーの船室の中でさ、ひたすら寝転がっていた。

ほんの一時間半だし、デッキに出て遠くを見ていた方が酔わないって話も聞くけど、そんなのは駄目だな。我ながら情けないと思うがしょうがない。

寝返りを打つとポケットの中の鍵が鳴った。

「あぁ」

安藤正隆くんのスカイラインの鍵だ。入れてそのままにしていた。

たぶん思うに、安藤くんはバカなんだろう。

それとも何か独特の主義があるのかどうかは知らないが、お茶目なクマの人形が付いた車のキーリングには、なんとスペアキーまで一緒に付いている。この世にスペアキーを一緒に持ち歩く人間がいるとは思わなかったが、由希はいつもそうだったと言ってる。曰《いわ》く『部屋に置いといて鍵を盗まれたらどうするんだ。俺はゼッタイこの鍵は落とさない』だったそうだ。まぁその気持ちもわからないではないが。

「案外愛すべきバカかもしれないな」

その愛すべきバカのお蔭で全部上手くいった。

安藤くんはあすかちゃんに呼び出されて、エンジンを掛けたままタイヤを見に行って、パンクしていないのがわかると「あれー？」なんてとぼけた声を出して、あすかちゃんを探そうとしたのか「あの子どこ行ったー？」とか呟きながら車を離れてうろうろしだしたんだ。

しゃがみ込んだところを蹴り飛ばそうという当ては外れたが、これ幸いと俺はゆっくりキーを抜いてロックしてしかもタイヤを四本ともパンクさせることができた。そしてあすかちゃんも俺も見つからずに済んだ。

今頃はフェリーにも乗れず、車も動かず、途方に暮れているだろう。窓を壊して、鍵を壊して直結でエンジン掛けるような技術も度胸もなかったようで助かった。そもそもタイヤが四本ともパンクしているんだからどうしようもない。安藤くんの選べる道は、有り金はたいてレッカーを呼ぶことだけだ。キーもスペアキーもないならディーラーに何とかしてもらうしかない。そもそも二十年落ちのスカイラインの鍵のデータなんか残っているもんだろうか。

いずれにしろ、由希の話じゃ車のキーはこれだけのはずだってことだから、これでたぶん一週間や二週間は稼げるだろう。そのうちに安藤くんは追う気も失せるかもしれない。どう思っているかな。まさか由希にやられたとは思わないだろう。どっちにしても先に熊本には着ける。

鍵は捨てようかとも思ったが、そもそも俺は安藤くんに何の恨みもない。余程あの車を大事にしているんだろうから、もしこの旅が無事に終わったら郵便で送ってやるか。住所は由希ならわかるだろ。

あすかちゃんが、心配そうな顔をして何度も俺の顔を覗きこんでた。

「先生大丈夫？」

「大丈夫だよ。心配しなくて」

そう言うと、にっこり笑った。そして子供特有の素早さで、また向こうに走っていった。

可愛い子だよ。そして優しい子だ。

子供ってのは、例外なく皆優しい心を持っているよな。

よくアニメとかマンガとか小説で悪魔みたいな心を持った子供なんかを描くが、まぁそんなところに突っ込むのは大人げないってわかっているが、バカじゃないかって思うぜ。

そりゃあ、子供は残酷だ。正直すぎてどうしようもない。でもな、小学生ぐらいまでだったら、その心の底にあるのはただの無垢《むく》の塊《かたまり》みたいな心なんだ。たとえもうひねくれ具合が見えている子供にしたって、大人のそれとはまったく違うものなんだ。俺みたいな男が言うのはあれだが、詐欺師なんていうろくでもない男の俺が、心が真っ黒な俺がそう感じているんだから間違いない。

そういう子供の性格が、大きくなるにつれていつの間にかひん曲がってしまうのは、何が原因なのか。

自分のことを考えてもよくわからないんだが。

子供の性格とかそういうのは、やっぱり環境で決まるのか、それとも何かきっかけがあるのか。遺伝ってのも確かにあるんだろうが、それだけじゃないような気もする。

だってそうだろう。親がとんでもない野郎でも、その子供は良い奴って場合はあるし、その逆に親は立派なのに子供はどうしようもないって場合もあるからな。

しかし、親は立派な人物なのに子供がどうしようもなかったってのは、その親は子供に対してはいい環境を与えられなかった、親としては失格の人間ってことになるのか。じゃあ良い大人と良い親の違いはどこよって話になるよな。

その辺は難しいよな。どこぞの大学の教授がそういう研究はしていないのか。統計とかとってさ。

まぁ何が良くて何が悪いってのは主観の部分も大きいしな。無理なのかもしれん。そうだな、いくら他人に対しては立派な人物だったとしても、自分の子供に対してもきちんとできたかってのは微妙だよな。

家族ってのは、厄介だ。

由希がにやにやしながら覗き込んでくる。

「先生、大丈夫？」

「なんとか」

「トイレに駆け込むのなら早くしてね。周りにも迷惑だから」

「わかってますよ」

向こうにいるからね、何かあったら呼んでねって歩いていった。

あの女も、はすっぱな女であることは間違いないけれど根っこでは善人だよな。その根っこを作ってくれたのは歴史が専門だったたっていう大学教授のおじいさんなのか。本人がおじいちゃんが大好きだったたって言うんだから、そうなんだろう。

人は、自分が大好きなものに対してだけは素直になれるんだ。

その大好きなものを裏切ることは、たとえどんなことが起ころうとも、根っこのところじゃ決してできないんだ。

そうだよな。

俺もそうさ。

自分の大好きなものは、裏切れない。

修一と俺は、今現在は高校教師である片原修一と、詐欺師の俺、篠田高之の出会いは、それこそ今のあすかちゃんの年齢のときだったよ。小学校の四年生だったよな。そういや それも偶然とはいえ凄い偶然だ。そういうのは何かが呼んでるのか。運命ってものなのかな。

四年生のときのクラス替えで同じクラスになった。そこで初めて顔と名前を知った。家はそんなに近くじゃなかったのさ。ちょうど学区の端と反対側の端だった。

小学生ってのは、生まれ月でけっこう差があるんだ。そうだよな、四月生まれと三月生まれじゃ一年近く違うんだから、体力的に差があってもしょうがない。

四月八日生まれの俺と、十一日生まれの修一はクラスでもスターだったよな。運動は何でもクラスでいちばんできたし、勉強もできた。個人差はあるだろうが、少なくとも俺と修一はそうだったんだ。

小学校の三年間、中学の三年間、そして高校の三年間。何の因果か、それこそ運命なのか、俺たちはずっと同じクラスだった。

いつも一緒に遊んでいた。

気が合ったんだろうな。

今でもたまに酒を飲んだときに話すんだが、最初に交わした言葉を覚えている。

クラス替えで一緒になって、出席番号で並んだときにたまたま前後だったんだ。片原の〈か〉と、篠田の〈し〉の間に誰もいなかったんだ。不思議だったよな。クラスには加藤《かとう》さんも木村《きむら》さんも工藤《くどう》さんも近藤《こんどう》さんも斉藤《さいとう》さんも佐々木《ささき》さんも佐藤《さとう》さんもいなかったのさ。

修一は、あの頃とほとんど顔が変わってない。笑っちまうぐらいに変わっていないんだ。眼がくりっ、としていてさ。どっちかというと優しい女の子みたいな顔をしてたんだ。でも、性格はものすごくひょうきんだった。そう、最初に交わした言葉な。あいつが脇腹を押さえていきなり言ったんだ。

「片原だよ。〈片腹痛ぇよぉ〉の片腹じゃないよ」

「あ？」

って会話だった。そのときは何言ってんだこいつって思ったよ。〈片腹痛い〉なんて古い言葉を知ってる小学四年生なんていないぞ普通。でも、片原家では普通に使われていたそうだ。

そうなのさ。あいつはその頃はひょうきんな明るい、周りをいつも笑わすような男の子だった。逆に俺が、今みたいに口八丁手八丁じゃなくて物静かな男の子だった。人間変われば変わるもんだと思う。

あすかちゃんがまたやってきた。手にペットボトルの水を持ってる。買ってきてくれたのか。

「はい、先生」

「ありがとう。ごめんね」

にこっ、と笑う。

「あのね？」

「うん？」

「お母さんが言ってた。車や船に酔いそうなときにはこうすればいいんだって」

右手の人差し指と中指をくにゃりと交差させて顔の前に持ってきて見せた。子供ってどこもかしこも柔らかいよな。

「おまじないかい？」

「そう。やってみて」

やってみたけど、指が痛い。そしてたぶん、これが効くんだとしても船に乗る前に教えてほしかったよあすかちゃん。また、たたたーっと走って向こうへ行った。もっと話せば気が紛《まぎ》れるかもしれないんだが、でもまぁ話題が持たないな。下手にお母さんの話をして、ボロが出ても拙《まず》い。

まだ、あすかちゃんにバレてはいけない。俺が片原修一じゃないってことは。

俺が知ってるあすかちゃんのお母さん、鈴崎凜子については、修一から聞いただけの知識しかない。顔は、高校の卒業アルバムに載っている顔しか知らないんだ。

由希に話した修一のプライベートな話は全部本当だ。

詐欺師の嘘じゃない。

鈴崎凜子のことをいろいろ知ってるのは、修一から聞いてるからだ。

俺はあいつのことなら大体何でも知ってる。さすがに全部ってわけではないだろうが、もう三十年も一緒にいるんだから、こうして由希やあすかちゃんの前で、片原修一の真似《まね》だってできるんだ。

もしも、由希が本物の修一に会ったら、俺の演じた片原修一はそっくりだったって思うだろうぜ。口調とか、物腰とかさ。

修一の親は二人とも小学校の先生だった。

つまり、俺の先生でもあった。あのときは修一のお母さんが、俺の担任の先生でもあったんだよ。お父さんは違う小学校の先生だった。

修一のお母さん、いい先生だったよ。そう思う。お父さんも家に遊びに行ったときにはいつも優しい人だったよ。俺もガキだったから、こんな優しい先生がお父さんお母さんなんだから、修一はいいなぁって思ったことは何度もある。実際、そういう話はした。勉強を教えてもらえていいな、とかさ。小さな子供なら誰でもそう思うよな。

でも、修一は、親の愛情に飢《う》えていたんだ。

小学校のときに、既にな。

別に親に疎まれていたわけじゃない。虐待とかそんなんでもない。愛情は確かに与えられていたんだよ。お父さんお母さん、つまり二人の片原先生は、ちゃんと自分の子供を愛していた。でも、親であると同時に先生でもあったから、自分のクラスの全部の児童に愛を与えなきゃならないと思っていたんだ。そうしなきゃ先生などできないってさ。

その通りなんだけどさ、修一のお父さんお母さんは、修一の子供らしくない物わかりの良さを過信していたと思う。自分の子供の強さを信じすぎていた。

あいつは、本当は淋しがっていたんだよ。

本当なら親に、全部の愛情を自分に注いでほしかった。でも、自分の親は学校の先生としてクラスの子供たち全員に愛情を注ぎ、教えて育てることが教師の仕事だと信じていた。それをあいつは肌で感じていて、我慢をしていた。小学生の頃から。

そこのところは、俺も生徒として、愛情を注いでもらった一人として責任はあるような気もする。まぁそれが理由で修一とつるんでいるわけではないがな。

あいつが子供の頃、ひょうきんで明るかったのも、それを紛らわせるためだったんだ。ひょうきんでいることで、親や自分さえもごまかしていたんだ。自分の中にいる甘やかされたい自分を見せないようにさ。

そういう話をしたんだよ。

修一の部屋でさ、二人で真面目な顔をして、小学生のガキがさ。修一も俺も涙ぐんでた。今考えれば相当に恥ずかしいが、素直だったから、純真な心を持った小学生だったからこそできたんだと思う。

そして無垢な心を持っていたからこそ、俺は、修一を一生守ってやるって誓ったんだ。そのときに。何があっても友達でいて、こいつを元気にさせてやるってさ。

中学校に入ったら、二人で話し合ってバスケ部に入って、毎日毎日体育館で汗を掻いてた。そうだった、ちょうど『SLAM DUNK』が大人気になってて、バスケ部の人数もすごく多かった。

もちろん二人ともレギュラーだった。中学生になっても運動神経は相変わらず二人とも良かったんだ。その辺は親のＤＮＡに感謝だな。俺の親も、修一の親もスポーツは得意だったからな。

中学生になったあいつは本当に真剣に部活に取り組んでいた。相変わらず明るい奴だったけど、周りを無理やり笑わせるようなひょうきんさは影をひそめていったな。

もう、中学生になったらそんなことはしなくてもいいってわかったんだ。

親に自分は大丈夫だってアピールする必要はない。ちゃんと勉強してしっかり運動して、毎日学校で楽しくやってれば、悪いことさえしなきゃそれで親は納得する。安心する。そう理解できたんだ。だからっていうのも何だが、中学校の頃の記憶って何だか意外と曖昧《あいまい》なんだ。

相も変わらず二人でつるんでいたのは間違いないけれど、毎日何をやっていたかってのは本当に勉強と部活のことしか覚えていない。

今さら思うのはおかしいが、あいつは相当にヘビーな人生を送ってきた。

平和だったのは中学生までだった。

その始まりが、アキレス腱《けん》の断裂だったかもしれないな。そこからあいつの人生が何か少しずつブルーなものに覆《おお》われるようになっていった。ヘビーになっていった。

晴れて同じ高校に合格した。それはもう二人でそう決めたのさ。同じ学校に行ってまたバスケ部に入って、二人で活躍しようと思っていたら、あいつは入部初日にアキレス腱を切っちまったんだ。

びっくりしたよな。大きな音がしてさ。最初は何の音かまったくわからなかったよ。修一が倒れて、ようやくあいつに何かが起きたんだってわかった。

ただまぁ、アキレス腱を切ったこと自体にはそれほど深刻になったわけじゃない。

時間を掛ければ治るものだし、バスケができなくなってそれで人生に絶望するほど天才的にバスケが上手かったわけでも、青春を懸けていたわけでもない。

俺たちは、ただ二人で一緒にチームの中にいることが楽しかったんだ。それでずっと続けていたんだ。

だから、足が治るまでの間、まったく正反対のことをしようと二人で話し合った。笑っちまうけど俺もバスケ部は休部したんだよあいつに付き合ってさ。どんだけ仲が良いんだって話だよな。

それで、美術部に入った。

足が動かせないんだから手を動かそうってさ。

元々、修一は絵が好きだったからな。それはずっと美術が専門だった母親の影響だと思う。俺だって絵を描くのは上手かったぜ。とにかく二人とも器用だったからな。何をやらせてもそこそこできたんだ。その辺は、今の俺の職業にも生かされているかもな。

そんなことに自分の器用さを生かそうとは思っていなかったけどさ。

(うわ)

何だ今の揺れ。勘弁してくれ。まさか転覆したりしないよな。

由希とあすかちゃんはどこ行ったんだ。ちゃんと由希はあすかちゃんを見てるんだろうな。

見てるよな。あいつもなんだかんだ言って子供好きだよな。そうじゃなきゃ、いくら親友の娘だからってあすかちゃんがあんなに懐かないだろう。

似てるよ。あすかちゃん。

修一の妹だった佳穂《かほ》ちゃんに。

本当に雰囲気がよく似てることを、初めて顔を見たときに俺も久しぶりに思い出したんだ。鈴崎凜子は修一のお母さんと佳穂ちゃんに似ていたんだから当然なんだろうな。

佳穂ちゃん、可愛かったよ。俺は一人っ子だったから、あんな可愛い妹がいる修一が本当に羨《うらや》ましかった。

仲の良い兄妹だったんだ。本当に修一は佳穂ちゃんを可愛がっていたんだ。それはやっぱり自分が味わっている、親にあまりかまってもらえなかった淋しさを佳穂ちゃんには与えたくないって気持ちがあったからなんだよ。だから、本当に、必要以上に可愛がっていた。

俺もたくさん佳穂ちゃんと遊んだよ。一緒に遊園地や動物園も行ったよな。近所の公園でも遊んだし、そうだスキーにも行った。佳穂ちゃんも俺のことを〈タカちゃん〉って呼んで慕ってくれたんだよ。もう一人のお兄ちゃんみたいに思ってくれていたと思う。俺も、可愛い佳穂ちゃんが大好きだった。

くそっ。

久しぶりに、随分と久しぶりに佳穂ちゃんのことをこんなに思い出したら泣きそうになるじゃないか。今まで思い出さないようにセーブしていたのに船酔いでブレーキが外れたか。まぁ今なら気持ち悪くなって涙目になってるってことでごまかせるか。

俺は確かに詐欺師だけど、犯罪者だけど、免許を取って無事故無違反でずっとゴールド免許だ。スピード違反はしない。駐車違反もしない。もちろん飲酒運転なんか以ての外だ。そんなことをしてる連中は許さない。酒を飲んで車を運転しようとしている奴等を見つけたら、この拳でぶん殴って殺してやってもいい。

修一の可愛い妹だった佳穂ちゃんは、真面目だった先生たちは、てめえらみたいな飲酒運転をした奴に殺されたんだ。

俺たちが高校一年生の秋だった。

日曜日だ。俺と修一は午前中から市内の美術館に美術部の仲間と出かけていたんだ。市内の高校の美術展だよ。俺たちの高校の先輩も何人か入選して絵が飾られていた。その最終日で、観に行って搬出の手伝いをしていた。

そしてその日は、佳穂ちゃんの誕生日だった。

人生の皮肉だろ？　運命ってのは時たまそんなものを用意するくそったれなんだ。搬出が終わるのは夕方。片原家では、じゃあ、迎えに行くからそのまま外食をしようってことになっていたんだ。もちろん、佳穂ちゃんの誕生日祝いにだよ。

市内のレストランを予約していた。後から知ったけど、特別に誕生日ケーキもお店に用意してもらっていた。

「篠田くんも一緒にどう？」

そう誘われていた。先生に、修一のお父さんお母さんに。家族のお祝いの日に俺なんかが一緒はどうかって思ったけれど、佳穂ちゃんも一緒に行こうって言ってくれたんだ。一緒に行かなきゃダメだよって。

だから、待っていた。

修一と二人で、美術館の入口で。もう搬出も終わって、美術部の皆も帰っていって、夕暮れの光がロビーに差し込んでくる時間。

約束の時間になっても先生が運転する車が来なかった。

遅いなって話したよ。どっかで渋滞でもしているのかなって。

お父さんは、片原先生は真面目な人だったからさ。遅刻にはうるさかった。約束の五分前に必ず着くような人だった。

三十分が過ぎた。それでもまだ来なくて、そろそろ不安になってきた。美術館の閉館時間も迫ってきていた。それでも、ギリギリまでロビーにいようって話した。もし、もしも何かあったなら美術館に電話が来るだろうって思っていたんだ。まだ携帯電話もない時代だったからな。

一時間が過ぎて、ついに美術館も閉館した。空は暗くなり始めていた。もうこれはおかしいって思ったよ。あの先生が、一時間も遅くなるなんてありえない。

何かがあった。

二人で美術館の入口の正面にあった電話ボックスに駆け込んだ。家に電話した。もちろん出ない。

俺たちは真面目な高校生だった。世間擦れしてなかった。どうしたらいいか真剣に考えて、警察に電話した。一一〇番はまずいだろうからと、中央警察署に電話した。

女性が出た。女性警官なのかなって思った。

訊いたんだ。

「車の事故はありませんでしたか」

全部説明した。名前と住所と、その住所から美術館に向かう道筋で車の事故はなかったかって。両親を待っているんだけど、もう一時間待っているのに来ないから確認させてくださいって。

電話の向こうの女性警官、いや警官じゃなかったかもしれないけど、その人は優しく応対してくれたって修一は言っていた。少し待っててね、って言われて待った。一分も待たなかったはずだけど、ものすごい時間が掛かったように思った。

電話の向こうの女性が言った言葉を、修一は一言一句覚えている。俺もその場で聞いたから覚えている。

(片原修一くん？　そこは美術館前の公衆電話ですね？)

「そうです」

（小銭はまだたくさんありますか？）

「あります。大丈夫です。両替えしてきました」

（誰か一緒にいますか？　一人ですか？）

「同級生の友達が一人一緒にいます」

（男の子ですか？）

「そうです」

（では、まず、その場にしゃがんでくれますか？）

「しゃがむんですか？」

（そうです。後で説明しますから、言う通りにしてください）

「しゃがみました」

（修一くん。お父さんの運転されていた車が事故に遭ったことが確認されました。今、パトカーがそちらに向かっています。そのパトカーに乗ってください。警察官が病院まで連れて行ってくれます。わかりましたか？）

その後、修一をしゃがませたのは正解だって思ったよ。ほんの一瞬だけど、十秒ぐらいだけど、あいつは真っ白になっていたからな。俺が慌てて受話器を取ったんだよ。何があったんだって訊いた。

電話口の女性は言ったんだ。

(同級生のお友達ですね？　片原修一くんのご両親が事故に遭いました。修一くんは大丈夫ですか？　できれば、病院まで付き添ってあげてください。必要であればあなたの自宅へもこちらから連絡して事情を説明できますが)

「事故って、先生は！　あの、片原くんのお父さんお母さんは、妹もいるんですけど佳穂ちゃんは」

(それは、パトカーが着いたら警察官がお伝えします)

本当にすぐにパトカーがやってきて、警察官が車から出てきた。電話ボックスの前で座り込んでいた俺たちに、優しく声を掛けてくれた。

「大丈夫かい？　すぐに病院に行けるかい？」

返事をして、パトカーの後ろに乗った。それが、人生で初めてパトカーに乗った瞬間さ。何にもないただの遊びだったらすげぇって喜んだろうけどな。

イヤな予感で一杯だった。それを必死で打ち消そうとしていた。でも、ひょっとしたらって半分以上思っていた。

「片原修一くん？」

「はい。僕です」

修一が答えた。まだそのときは、眼に光があったんだ。きっと、そんなことはありえないって思っていたんだろうな。

　警察官は、そう、小野寺《おのでら》さんだよ。

　今でも修一とは付き合いがあるんだ。小野寺肇《はじめ》さん。そのときは交番勤務の若いお巡りさんだったんだけど、今は刑事さんなんだよな。何歳になったんだっけ。とにかくベテランの刑事だよ。おっかないので俺は極力会わないようにしているけどな。

　小野寺さんが、言った。

「ショックを受けるだろうけど、伝えます。気をしっかりもってください」

　俺はもう覚悟した。修一を見たら、まっすぐに小野寺さんを見ていた。

「君のお父さんとお母さん、そして妹さんと思われる方は、事故で亡くなられました。君に確認してもらわなきゃなりません」

　俺は、そのときに知ったんだ。

　自分の家族が、大事な人が、死んでしまったと聞かされたときに人間がどんな反応をするのか。

　本当に、一瞬固まってしまうんだ。

　表情を失う。

　もし人間に魂ってものが本当にあるのなら、あの瞬間だけ魂は止まるんじゃないかって思えた。それぐらいに修一から〈動き〉というものが消えていた。能面のように無表情な顔ってのはまさにあのことだ。

長かったな。

今回もかなりのロングドライブだが、俺はあんなに車に乗っている時間が長いって感じたことはない。距離はそんなになかった。まぁ札幌の中心部で信号ばかりだったってせいもあるんだろうが、病院までの道程《みちのり》は本当に長いと感じた。

何も、話せなかったな。ただ黙って、俺も修一も前を見ていた。小野寺さんも、運転していた警察官も何も話さなかった。そりゃあ話すことはないよな。

ただ、後で確認しなきゃならないことがたくさんあるからって言われたな。俺も、もしずっと一緒にいるのなら親に電話した方がいいって。自分が電話に出てもいいからって言われたが、まぁ俺の親はどうでもよかったよな。

本当に、ただ俺の生物学的な親っていうだけの人間だったんだから。

それからのことは。

そうだな。ただ淡々と進んでいったな。

もちろん、修一は泣いた。

俺も泣いた。

冷たくなって、横たわっていたお父さんとお母さんと佳穂ちゃんを確認した。そのときが初めてだったんだよ。遺体を見たのはさ。

でも、泣き続けはしなかった。

きっと俺たちは、修一と俺は、自分で言うのもなんだが強い男だったんだろう。涙は、止まった。止められた。泣いている場合じゃないって思えた。自分たちがこれからすることはたくさんあるんだって思えたからな。

その強さは、どこから来たんだろうな。

考えてもわからない。生まれたときからそういう強さを持った男だったのか、それとも何かのきっかけでそうなったのか。

実際は、修一の母方の祖父母が何もかも仕切ってくれたよ。父方の祖父母はもういなかったんだ。そしてお父さんには兄弟もいなかったからな。まぁ親戚はいたんだろうけど、その辺の細かいことはただの友達の俺にはよくわからなかった。

俺はできるだけ、修一の近くにいた。

学校も修一とほぼ同じぐらい休んだ。

親友だと認識されていたからな。小学校からずっとずっと一緒の、親友。

修一が高校を替わることはなかった。そのまま岩見沢《いわみざわ》の祖父母の家で暮らすことになった。通学に一時間半も掛かるようになっちまったが、それぐらいは何でもなかったたな。

部活もそのまま美術部にすることにしたんだ。バスケ部への復帰は、何ていうか、熱が失せちまったんだよな。

静かな少年になったよ、修一は。両親と妹をいっぺんに失ったけれど、性格が極端に変わったわけじゃない。暗くなったわけじゃない。

ひょっとしたら、それが修一の素だったのかもしれないな。

静かな、柔らかい男。

それまでは〈家族〉というものが周りにいたのでひょうきんだったり明るかったりしていたのかもしれない。全部消えてしまって、もうそんなのを纏《まと》う必要もなくなって〈片原修一〉という男の素だけが残った。

反対に俺がどんどん喋るようになっていったよ。笑っちまうけどな。まるっきり逆になっていった。

俺が喋って、あいつがシニカルに応えて、二人で笑い転げる。俺は大笑いするけれどあいつは静かに笑う。

そんな関係になっていったよ。

それが、今でも続いている。

あいつといると俺はよく喋る。あいつを楽しませようとする。修一はそんな俺をわかっているから、応えてくれる。

あいつは、大学に行って教師になろうとした。親の職業だったものになろうとした。そして、実際になった。

たくさんの生徒に愛情を与えようとしたのさ。自分の両親がしていたみたいにな。だけど、自分の家族を作ろうとはしなかった。

わかっていたんだろうな。

だからだよ。鈴崎凜子との関係は。

凜子が言っていたと由希が教えてくれたように、恋愛感情とかで括《くく》れるようなものじゃなかった。それは確かにそうだったんだろうと俺も思う。教師と生徒という倫理観ももちろんあった。

それ以上に、あいつは自分の家族を持ちたくないとずっと思っているんだ。

いつか失うものは、持ちたくない。

いつか消えてしまう愛情は、感じたくない。

生徒なら、毎年毎年いつまでも、自分が教師を辞めるまでそこにいてくれる。教師としての愛情を与えられる。

だから、鈴崎凜子が卒業しても、自分の生徒じゃなくなっても、一歩踏み込むことはしなかったのさ。

まぁ、母親と妹に似ているってのも大きかったろうけどな。

恋愛じゃないと思ったんだろう。そう感じるのは、鈴崎凜子にも失礼だと思ったんだろう。

そういう男なのさ。

片原修一は。

俺は。

まぁ俺はどうでもいいな。ただの詐欺師だ。ろくでなしだ。

でもろくでなしでもひとつ決めていることがある。修一より先に死なない、だ。どんなことがあっても俺はあいつより先に死なない。

修一は、俺をただひとりの家族だと思ってくれている。二度と家族を失いたくないから家族を作らないと思っているあいつが、俺だけを肉親とも思ってくれているんだ。だから、俺はもう二度とあいつに家族を失わせないために、あいつより先に死なない。

そう決めている。

気になることがひとつだけある。それも、あすかちゃんに会って、由希の話を聞いて思い出したことだ。

鈴崎凛子との関係はプラトニックなものだとは聞いてはいたが、ひょっとしたらそうじゃないんじゃないかと感じたこともあった。修一の口ぶりでな。

それはこの旅の最後に確認できればいいことだ。確認しなくてもいいかもしれないけどな。

☆

「どう？　先生。少しは気分良くなった？」

　運転席の由希と助手席に座ったあすかちゃんが、ふふっ、と笑った。

「なんとか」

「まぁ安心していいわよ。あたしはこれでも運転は上手いんだから」

「くれぐれも安全運転ですよ」

　わかってるってー、と軽く由希が答える。まぁ確かにおっかなびっくりじゃなくて、慣れた感じだ。アクセルやブレーキの使い方も上手だ。普段から車に乗り慣れているのがよくわかる。

「しっかし、殺風景ねーこの辺りは。こんなものなのかしら」

「こんなものでしょう」

　青森、下北《しもきた》半島。もう少ししたら、むつ市内に入るだろう。空気は明らかに北海道とは変わった感じがする。向こうじゃどんなに暑くても窓さえ開ければクーラーも入れないで走ることができたが、蒸し暑さが違う。いくら東北でもその辺は本州の気候なんだろうか。

「なんか本州に来た気がしないわ。どうしてかしら」

「青森は初めてですか？」

初めてなのよー、と、少し嬉しそうな声を出した。

「修学旅行で来なかったんですか？」

「あたしのときは素通りだったわね。東京には何度も行ってるけど、こうやってまともに周りを見るのは初めてだわ」

「本州に来た気がしないのは、家の屋根のせいですよ」

「屋根？」

あすかちゃんも「屋根？」って繰り返して俺を見た。

「雪国だから大体北海道と同じトタン屋根でしょう？　関東とか関西みたいに瓦《かわら》の屋根じゃない。家の造りも北海道とどことなく似ている。だから本州に来た気がしないんですよ」

なるほど、って由希がハンドルをポンと叩いた。

「さすが先生。学があるわね」

「いつの時代の人ですか。いちいち言い回しが古いですよね」

あらぁ、って笑った。

「あのね、年上男性を相手にする女はね、語彙《ごい》が増えるのよ」

なるほどね。それは確かにそうかもしれない。

「仙台《せんだい》まで行くのよね」

「さっきナビに入力しましたよね」

お金がないんだから、いや実際にはあるんだが、高速道路は使わない。一般道をひたすらゆっくり法定速度を守って走っていく。

「時間掛かりすぎない？　あいつのこともちょっとだけ不安だしさ。何だったら高速道路を使ってもいいのよ？　それぐらいのお金はあたしが出すわよ」

何だ、お金の件を告白して少し素直になったかな。いいことだけど。

「いや、たかが高速道路と嘗《な》めていませんか？　一万円近く掛かるんですよ？　それだけあったら熊本に着くまでの三人の食事代まかなえますよ？」

「それって相当の節約じゃないの。朝はパンでもいいから、晩ご飯ぐらいはちゃんとしたもの食べましょうよ、あすかもいるんだし」

それはもちろんだ。

「それにしたって、一万あれば食費で二日は持ちます。由希さんだってこれから節約しなきゃいけないんでしょう？」

まぁねぇ、って口を尖らせた。俺はね、夜の女たちをたくさん知ってるけど、お金を節約できる女とできない女がはっきりわかれているんだ。まぁそれはどんな世界でもそうかもしれないけど。

「由希ちゃん、お店辞めちゃったんでしょ？」

あすかちゃんが言った。

「うーん、まぁそうね。辞めちゃったことになるわね」

「じゃあ、節約しなきゃ。わたし、高速道路じゃなくても大丈夫だよ。のんびり行こうよ」

そうそう、あすかちゃんは良い子だな。ちゃんと気を遣ってる。

「そうね、あすかに言われちゃね。節約しなきゃね」

そこで、助手席のあすかちゃんが後ろを向いて、俺の方を見た。

「お母さんもいつも言ってた」

「なんでだい？」

「由希ちゃんはとーっても優しい女の子だけど、ムダヅカイするところが困りもんなんだって」

笑った。あすかちゃんの口調は、きっと鈴崎凜子のものなんだろう。お母さんの真似をしたんだろう。

「そんなにしてないわよぉ。必要なもの以外は」

「必要なもの以外は男に買わせようとしているんでしょう」

「あら、止めてよね先生。子供の前で大人の話は」

ふふん、と笑う。それであすかちゃんも真似して、ふふん、と、少し大人っぽい笑い方をする。

女同士だ。

鈴崎凛子と、あすかちゃんと、由希。凛子と由希でいつもそんな話をしているところにあすかちゃんが入ってくるんだろう。この年頃の女の子は急に大人びていくって話も、聞いたことがある。小学生の男子と女子は心の成熟度が全然違うとも聞くからな。

あすかちゃんも母一人子一人の家庭だ。いろいろとお母さんの、凛子の苦労は見てきたんだろう。普通の四年生より大人びているかもしれない。これからも言動には気をつけないとな。

「いい？　あすか。先生は優しいけれどもケチくさい男かもしれないわよ。そういう男は出世しないからね。そうやってお母さんに言うんだよ」

「それこそ止めてください子供を洗脳するのは。ゆっくり走っても、夜には着けると思いますよ。それで、どこか日帰り入浴できる温泉でも見つけて、お風呂に入って、仙台の美味しいものを食べて、車中泊です」

「泊まれそうな駐車場がなかったら？」

「そのときは、高速道路に乗っかってサービスエリアです。そこなら誰も文句は言いません。高速道路もすぐに降りれば何百円で済みますからね」

そうやって節約して、九州は熊本までだ。そこまで行って、鈴崎凜子にあすかちゃんを引き渡す。

そしてもし、鈴崎凜子が自分の親と何か揉めていて、あすかちゃんと一緒に暮らせなくなるような事態になっているんだとしたら、助けてやる。

それは、鈴崎凜子が、修一が大事にして今も大切に思っている女性だからだ。それを俺はよく知っている。そして俺は修一のためになら、何でもしてやるのさ。それが俺の人生なんだ。

ただ、鈴崎凜子に直接は会えないけどな。

俺が片原修一ではないとバレちまうから、いやバレてもいいんだが、それは俺の目的が達成できるかどうかを確認してからだ。

何とか船酔いも治まって、由希に運転してもらっている間にネットで検索をする。まったく今は便利だよな。ノープランで走っても検索すりゃなんとかなる。

「仙台の郊外に、温泉付きのオートキャンプ場がありますね」

「あら」

由希がハンドルを握りながら嬉しそうな声を出した。

「あすか、オートキャンプだって！」

「オートキャンプって？　なに？」

知らないか。車がなければ縁がないもんな。

「車で行って停めて、そのままキャンプができるキャンプ場だ。お金はかかるが、ちょっと贅沢《ぜいたく》な車中泊だな」

「いいんじゃないそれぐらい？　ホテルに泊まるよりははるかに安いんでしょ？」

ルームミラーで俺を見た。そこにしましょうよって眼で言ってる。

「待ってください。完全予約制だから、電話して確認してみます。最悪テントサイトが空いていなくても、温泉には入れるでしょう。その近くで車中泊できる場所を探しましょう」

電話でもうテントサイトは満員だと言われても、現場まで行ってしまえば何とかなる場合もある。

大抵はこの口八丁でな。

「よかったわぁ、空いてて」

「セミの声すごい！」

仙台市内から三十分か四十分は走ったか。自然公園とかいうところの温泉だ。秋保《あきう》温泉ってけっこう有名なところだよな。確かにセミの声がすごい。北海道にはいないセミの声を聞くと、ここには俺たちの知らない夏があるって思ってしまうよな。

そこに、オートキャンプ場があった。こういうところは大抵夏休みの間はもうほとんど予約で一杯だ。いきなり電話して空いているというのは、まぁ運が良くなくちゃならない。

運がなくても、何とかしてしまうのは俺のすごいところだ。

着いたのは、午後五時過ぎ。せっかくキャンプをするんなら明るいうちに着いて、あすかちゃんを楽しませたいと思って車を飛ばした。短い間だけ高速道路にも乗った。

「テント張るの？」

嬉しそうにあすかちゃんが訊いてくる。

「そうだね。せっかく来たんだから、張ろうか」

そのまま車の中で寝ることもできるんだが、テントの中で寝るっていうのはちょっと特別だ。小さい頃に経験したそれは大人になってもなんだか残っている。

「あたしはアウトドア苦手なのよねぇ」

「文句を言わないでください。今のテントやアウトドア用品はものすごく簡単になっているんです」

借りてきたのは最新式のものばかりだからな。

四人が寝られる軽量のテント、電池式のランタン、アルミのテーブル。ガスもあるからその気になれば料理もできるが、そこはまぁ面倒なので止めておこう。寝る前にコーヒーとか、あすかちゃんにはミルクでも温めて飲ませてやればけっこうアウトドアを満喫できるさ。

皆でテントを張って、寝袋や着替えや温泉で使うタオルなんかを放り込む。さっそくそこに入って寝転がったあすかちゃんは嬉しそうだ。なんで由希も一緒になって寝転がって喜んでいるんだ。

「先生も！」

あすかちゃんに言われちゃしょうがない。苦笑いしながら、寝転がる。久しぶりだな。こうやってテントに入るのも。

「いいわねーたまにはこういうの」

「たまには、ですね」

何でもそうだ。ちゃんとした日常があって、初めて非日常を愉しめる。

「さ、のんびりしていないでお風呂とご飯に行きましょう。こういうところは混むから早めに行った方がいいんですよ」

先にテントを出る。自分の分のタオルは持った。温泉はあっちだったよな、と方向を確かめていると先に由希が出てきた。

「先生」

「はい」

「良かったわ。あすかもすっごく楽しそう」

にっこり笑った。そりゃ良かった。俺も笑って頷いておいた。テントの中でごそごそしていたあすかちゃんが出てくる。手に持っていたのは、俺の財布だ。

「先生、財布落としてたよ」

「あっ、すまん」

寝転がったときにポケットから落ちたか。あすかちゃんが由希の手をいきなり引っ張って二人で並んで笑いながら走り出す。あすかちゃんはにこにこしながら温泉で使うタオルの入った袋を振り回す。本当に嬉しそうだ。

ただ。

何気なく財布を確かめた。

(気のせいか)

免許証も入っているんだ。そう、もちろん〈篠田高之〉の免許証だ。見ようと思えば簡単に見られたはずなんだが。

「気をつけないとな」

5

のんびりと温泉につかった。

由希の話では、あすかちゃんは何度も何度も露天風呂に出たり入ったりしたそうだ。どうりで遅いと思ったけど、まぁ女性はだいたい長風呂なものだから気にしていなかった。何よりも、あすかちゃんが楽しんでくれるのがいちばんいいんだ。

晩ご飯もそこで済ませて、夜にお腹が空《す》いたら食べようって言って、売店でカップラーメンも買った。キャンプでこういうものを食べるっていうのも、また乙《おつ》なものなんだ。あすかちゃん、そんなことですっごい喜んでいたぜ。わくわくするって顔をしていた。

鈴崎凜子が一生懸命、毎日を楽しもうとしてあすかちゃんを育てていたのはわかるが、キャンプに来て夜中に外でカップラーメンなんて体験はしたことなかっただろうさ。

テントに戻ってから、蚊に刺されないようにしっかり虫よけスプレーをして、パーカーとか着せて懐中電灯を持ってキャンプ地をうろついた。林の中に遊歩道があったし、小川も流れていたしな。子供は夜にそういうところを歩くの、喜ぶよな。

傍《はた》から見たら、俺たちは家族連れに見えただろう。実際何組もの親子連れとすれ違ったし、隣でテントを張ってる家族とは自己紹介もしあった。

仙台市内に住んでいる会社員の親子で、中島《なかじま》さんだそうだ。連れてきていた子供は男の子で、まだ小学校一年生だった。

そこはね、こっちも家族でとおしたよ。話がややこしくなるから、もし誰かに訊かれたらそうしておこうってあすかちゃんとも話して決めておいたから、三人で演技をした。演技っていっても、最初に俺が妻と娘ですって言えば、向こうはそういう眼で見てくれる。後は由希とあすかちゃんが俺といることを楽しんでくれていれば、それで済むんだ。

人間なんて、案外あっさり騙《だま》される。

そういうもんなんだよ。

あすかちゃんは自分より小さい子供が好きみたいで、その男の子と少し遊んであげていたけど、まぁ向こうが気を悪くしない程度に早々に引き上げた。なんでかっていうと、長話していればどこでボロが出るかわからないし、中島さんって人もまぁそんなにいい人でもないって判断できたからね。

いい人じゃないっていうのは、別に悪人とかそういうんじゃない。一緒にいても、話していても、知人になっても何のメリットもないむしろどうでもいい家族だってすぐに見抜けたからだ。

そういうのはすぐにわかる。

俺は、人を見抜く眼力を持ってる。

わからないと、詐欺師なんかやってられないんだ。正直なところ、そういう眼を持っていたからこんな商売に足を踏み入れてしまったのかもしれない。

だってそうだろ。同級生とかさ、あるいは同僚とかさ、自分の仲間になった人がどれほどの人間かっていうのがすぐにわかっちまうと、それってつまらないだろ？

困るんだよ。あぁこいつと仕事してもこっちには何のメリットもない、ってのがわかるだけならまぁ仕事しなきゃいいだけの話だけど、友人はさ。あぁこいつと付き合っても何にもいいことない、ってすぐにわかっちゃったらさ。

人生を止めたくならないか。

俺はなったね。この先の長い人生、ちょっと話しただけの人がどんな品性の持ち主かってのを見抜けたらもう誰とも友達になんかなれなくなる。人と知り合うのがイヤになってくる。

実際、俺は詐欺師としては優秀なんだから。

詐欺師に優秀もくそもあるかって怒られるだろうけど、どんな商売にもできる奴とできない奴はいるもんさ。その見分け方を説明するのは、ちょっとややこしい。そもそも詐欺師っていう商売は成り立つのかっていうところから話さなきゃならない。

マンガでもそういうものはあるけれどな。あれはあくまでもマンガだ。現実にカッコいい詐欺師がいるわけもない。

詐欺は、犯罪だ。

そんなものを商売にするのは悪党だ。そしてほとんどの詐欺をする連中は〈ヤ〉のつく人たちと繋がっている。っていうかほとんどそれだ。世の中の詐欺グループのほとんどはそこの資金源になっている。

俺は、違う。

どことも繋がっていない。

独立独歩の詐欺師。

たぶん今の日本に何人もいない。

俺が騙すのは、騙して小銭を稼ぐのは金持ちと悪党からだけだ。ニュースで騒いでいるオレオレ詐欺なんていうのをしている連中は、本当に頭に来る。善人のお年寄りを騙して金を巻き上げる連中なんていうのは、全員死刑でもいいって思ってる。俺は、年寄りと女子供を泣かせる奴は大嫌いなんだ。見つけたらとことん追い回して警察に通報している。

本当さ。もちろんああいうのは全部〈ヤ〉のつくところに繋がっているから、直接接触なんかしない。警察にも会いたくないからあくまでも善意の匿名《とくめい》の通報者を演じる。

金持ちと悪党しか狙わない。

もっとも、俺もきちんとした仕事をしていた時期もあったんだけどさ。まぁ、今もそこに片足は突っ込んでいるわけだが。

天気が良くて、本当に良かったよ。キャンプ地の空気は、本当に旨《うま》い。冷たい水で顔を洗って、歯を磨いて、買っておいたパンとミルクにベーコンを焼いて、レタスをばりばりたくさん食べる。なんでたくさん食べるかって言うと、買ったはいいけどさっさと食べちゃわないとすぐに傷むからだ。一応クーラーボックスもあるが、こういう旅では生ものは片づけた方がいいんだ。食中毒が怖いからな。子供なんかすぐにお腹が痛くなるんだから。

「先生」

テントやら何やらを片づけて、出発の前にあすかちゃんをトイレに行かせたところで由希が寄ってきた。

「なんですか」

スマホを持ってる。

「凜子からメールが来てたの」

「そうですか」

電話じゃなくて良かった。電話に出てって言われたら速攻でバレる。そもそも携帯が使えないっていうからこの計画も頭に浮かんだんだからな。

「まだ予定ではあるんだけど、八月の二日には退院できそうだって」

「二日」

三日後か。由希に悟られないように頭の中で素早くいろんなことを組み立てる。組み立てながら、すぐに顔では喜ぶ。器用なもんだって自分でも思うさ。

「良かった」

そう言うと、由希も微笑んだ。

「ぬかよろこびさせたくないから、あすかにはまだ内緒で」

「了解」

「なんか、病気自体は安静にして薬を投与すれば治るんだけど、後々のことを考えて手術した方がいいかどうかも考えているんだって。だから、あくまでも予定ね」

「わかりました」

婦人科の病気って言っていた。まったく詳しくはないけれど、まぁなんとなくは想像つく。まだ若いんだから、将来のこともいろいろ考えなきゃならない器官の病気ってことだろう。

「だとしたら、少し急いだ方がいいかもしれませんね」

「そうよね？　このままのんびりしていて退院と同時に着くより、向こうで待っててあげた方がいいわよね？」

何だか嬉しそうに言う。さっさと車の長旅を終わらせて向こうのホテルででものんびりしたいって気持ちがありありだよ由希さん。

でもまぁ、それはそうだ。俺もいろいろと準備はしたい。ちょっと考えるふりをする。さっさと決めないとあすかちゃんが戻ってくる。

「高速を使いますか」

高速道路、ここからなら、東北自動車道か。いや日本海側にわたって北陸を使った方がもう少し早いのか。どっちかを使ってまずは本州を縦断してしまう。

「昼間にずっと走れば二日か三日で九州に上陸できるでしょう。交代で夜中も走れば一日半で着きますけどね」

「あら」

ニコッと笑う。

「あたしはそれでもいいわよ」

どうでもアウトドアを回避したいって顔だな。

「まぁそれは疲れるし、何よりもあすかちゃんを無事に届けるのが目的ですからね。きちんと休憩していきましょう。それで」

確かめておいた方がいいな。

「凜子さん、携帯には出られるんですか？」

最近の病院は普通に携帯を使えるところも多い。由希は首を横に振った。

「病院の規則で、使えないって。公衆電話はあるけどね。さっきは朝ご飯の後にちょっと外に出て送ってきたみたい」

それから、にいっ、と笑った。

「心配しなくてもいいわよ。先生が一緒ってことは言わないから。サプライズにするんだからね。あすかと二人でのんびり車で行くから楽しみに待っててって言ってあるから」

そうしてほしいね。

「それから」

「なに？」

「向こうの事情は、人にはおいそれとは言えない事情はかなり詳しく把握しているんですよね？　親とは何がどうしてどうなって、凜子さんはあすかちゃんを自分の親に預けたくないのか」

ちょっと眼を細めて、こくん、と頷いた。

「もちろん」

「じゃあ、今日の夜にでも、あらためてあすかちゃんが寝てからきっちりそこを聞かせてください。僕としてもそこは把握して凜子さんに会わなきゃなりませんからね」

「わかったわ。ってことは今夜は旅館？　テントや車中泊じゃゆっくり話せないわよね？」

どうしてそんなに嬉しそうに言う。

「そこはまぁ、出たとこ勝負で」


ネットで調べると、東北自動車道を走って磐越《ばんえつ》自動車道、そして北陸自動車道に乗って山陽《さんよう》、中国《ちゅうごく》、九州自動車道っていうルートの方が早いと出る。大した差じゃないけれど、早いっていうのならそっちにする。夏だし山の中を走るより、北陸自動車道で海沿いを走った方が気持ちが良いんじゃないか。もちろん通ったことはないので気持ち良いかどうかはわからないけれども。

「金沢《かなざわ》辺りですかね」

「金沢⁉」

走り出してからそう言うと、由希が後ろの座席から飛ぶようにして顔を寄せてきた。

「何よ金沢って。今日の宿泊予定地？」

「そうですよ」

走れるだけ走って、お昼ご飯も食べて休憩して、暗くなる前に寝るところを決めるとなると。

「だいたいその辺りが適当ですね」

「いいわー金沢。古都よね古都。一度行ってみたかったの」

「観光するんじゃないんですよ。一泊したらまたすぐに出発です。金沢から今度は広島辺りですかね。そこでまた一泊したら、次の日の午後、もしくは夕方には熊本に着けるでしょう。つまりあと二泊ですね」

それなら、余裕で退院には間に合うでしょう、という意味を込めて、ルームミラーで由希と顔を見合わせた。由希も、わかった、という顔で頷く。

いくら天気が良くても、そして自分の行ったことのない土地を走ってるって言ってもただ車に乗っているだけでは眠くなる。当然のごとくあすかちゃんも由希も、後ろの座席であれこれ喋っていたかと思うと静かになって、ルームミラーで見ると寝ちゃっている。

慣れないキャンプじゃあまり寝られなかったろう。放っておいて、こっちはひたすらガムなんかで眠気を飛ばして、お昼ご飯の時間になるまで距離を稼ぐ。もちろん、パトカーとか覆面には充分注意しながら。

ふと気づくと、あすかちゃんだけが起きていて、窓から外を眺めていた。由希はまだ眠っている。できればなにか話しかけて楽しませてやりたいけれど、そうもいかない。そもそも話すこともない。

「学校は、楽しいかい」

小さく言ってみると、すい、と身体を前に寄せてきた。

「うん」

そうか。

「仲良しの子はたくさんいるかい」

「いるよ。桜《さくら》ちゃんに、アキちゃん、るりちゃん」

まだいるって感じで話す。そうやってすらすら出てくるってことは、いじめられたりとかはないんだろう。

修一の話じゃいじめの問題は確かに大きいが、やはり地方で、もっと細かくその地域で、さらにいえば学区内の住人の意識の差でその程度はまったく違うそうだ。平和なところもあれば、そうではないところもある。そもそも、まぁあいつは高校の教師だが、小学生ぐらいであれば親がどういう人間かでその問題が出てくるかどうかが決まると。

小学生の子供同士で、生きるの死ぬのっていうのはやはり異常なんだと言っていた。その異常の原因は親にある、と。

高校生ぐらいになると、遠因が親にあったとしても今度は個人の問題になってくる。もしその問題にぶちあたると、毎日毎日胃を野犬に食いちぎられているんじゃないかってぐらいの気持ちになるそうだ。

先生は、大変だ。

「お母さんがね」

あすかちゃんの小さな声が聞こえてきた。

「うん。なに？」

「先生はとてもいい先生だったって。優しくて、いろんなことを教えてくれたって」

「そうか。そう思ってくれてたんなら、嬉しいな」

片原先生を演じる。演じなくても、あいつの喋り方や笑顔は自然に出てくる。それぐらい俺たちは一緒にいるからな。

運転しているからあすかちゃんの表情は見えないけれど、どんな顔をしているのか。

「一度だけね。これ、お母さんには内緒だけど、いい？」

いい？　というのは本当に内緒にできる？　ってことだろう。

「もちろんだ。先生は秘密を守るもんだからな」

頷くのがわかった。

「お母さんが、言ってた。先生が来てくれたらとっても嬉しいって。クリスマスの日」

「クリスマス？」

「そう」

こくん、って頷いたんだろう。

「どうしてクリスマス？」

「サンタさんって、お父さんでしょ？　わたしにはいないけど」

その言い方には、もうわたしはわかってしまったんだって感じの響きがあって、思わず苦笑しちまった。

え？　でもどういう意味だ？

「わたしは、サンタさんが来てほしいけど、お母さんだったらだれが来てほしいって訊いたら、すっごくかんがえて、先生かなって言ってた」

思わず、あぁ、って頷いてしまった。そういう意味か。あすかちゃんの本当のお父さんが修一なのかと思ってしまったよ。

「そうか。それも嬉しいな。先生もね、これも内緒だけど、ときどきあすかちゃんのお母さんに会いたいって思ってたよ」

「ほんと？」

「本当だよ。でも、内緒だよ？」

「わかった」

可愛い顔で笑ったのがわかった。さすがにちょっと胸が痛んだ。いや、修一がそう言ってたのは本当だけど、俺が修一だ先生だとあすかちゃんを騙すことにだ。まぁその借りはいつか、きっちり何かで返すから勘弁してくれ。

「そうか、サンタさんはお父さんって思ってるのか」

ここは、夢を奪わない。

「でもさ、あすかちゃん」

「なに？」

「たぶん、そういう場合が多いだろうけど、でも、先生はサンタさんがいるって今でも信じているよ？　奇跡って言葉は知ってるかい？」

「知ってる」

そう。奇跡だ。

「奇跡っていうのは、滅多に起こらないすごい出来事のことだ。滅多に起こらない嬉しい出来事だ。でも、奇跡っていうのは世の中に起こるからこそ、起こったからこそ、そういう言葉があるんだ。サンタさんが持ってくるプレゼントも奇跡のひとつなんだから、サンタさんがいるって信じていてもいいと、先生は思うんだ」

ちょっと難しかったか？　ちらっとだけ、あすかちゃんを見ると、ちょっとびっくりしたような顔をして笑っていた。

「それ、先生、お母さんにも言ったんだ」

「え？」

「お母さんもそう言ってたよ。奇跡はあるんだって。だから、サンタさんもいるんだって」

そうか、これは俺の言葉だと思っていたけど、修一が言ってたんだったか？　まぁいいや。ちょいと頭の回るお父さんお母さんなら誰でも思いつく言葉だよな。

それに、思わぬところで俺が本当に先生だとあすかちゃんに信じてもらえる要素が増えてラッキーだったか。

「そう信じておこうよ。そうやって信じるのは、絶対にあすかちゃんの将来にはいいことだと思うからさ」

「うん！」

よーし。いい子だ。

なんだかだんだん別れが辛くなってきたぜ。

6

金沢近辺のキャンプ場でバンガローが空いてないかどうか探したけれど、生憎《あいにく》と空いていなかった。そしてこの俺の口八丁手八丁も残念ながら通じなかった。満員は満員。そこはもうどうしようもなかった。

仕方なく、宿を取った。しかも、結構な老舗《しにせ》旅館だ。ビジネスホテルやそういうところはどうしたって部屋は一室だ。内緒の話をしたい場合は二部屋は必要。ひなびた旅館でもいいからそういうのはないかと探したんだが、どこにもなかった。

空いていたのは何と昭和の初めから営業しているという旅館。二間あって、しかも檜《ひのき》の内風呂付き。

「ちょっと！　最高！　最高！　ねぇあすか素敵ね！」

部屋に入るなりもう由希が騒ぐ騒ぐ。いや旅館の入り口に着いたときからしてもう顔が笑っていたんだが、大人の分別でそれを必死に押し隠して、部屋で爆発させた。

あすかちゃんの手を取って二人でくるくる回り出す始末だ。まぁしょうがない。少なくともボストンバッグの中に大金はあるんだ。なるべく使いたくないんだが、一泊ぐらい贅沢してもバチはあたんないだろう。

「埃《ほこり》が立ちますよ」

「はーい」

二人で笑いながら座る。

わかってきたけど、由希は、三芳由希って女はいい奴であると同時に、自分の感情を素直に嫌みなく他人に伝えることができる人間だ。そういう女だ。キャバクラで長いことやってるっていうのも、それがあってのことじゃないか。

わかりやすく言えば、お客がしんみりと話をしたのなら、その話についほろっと涙してしまうような女。

嫌いじゃない。でも、俺の経験からすると、そういう女はあんまり幸せに恵まれない。でも、そういう素直な女だから、鈴崎凜子はずっと一緒にいるんだろうな。だから友達をやっているんだろう。

お風呂に入って、仲居さんが運んでくる料理に舌鼓《したつづみ》を打って、なんだかんだと喋って、またお風呂に入る。ただし、酒はあまり飲ませなかった。ビール一本のみ。酔い潰れてしまっても困るし、舌が回りすぎてしまっても困る。こういう女は酔っぱらうとやたら話をしたがる傾向にあるんだ。

旅館の中を見て回って、売店でお土産《みやげ》を買った。凜子にだ。あすかちゃんに選んでもらったお母さんが好きそうな柄の日本手拭いと、よくわからないけど可愛いキャラクターの携帯ストラップ。もちろん、あすかちゃんにもお揃いのを買ってやった。本当に買ってあげた。ここは俺のポケットマネーにした。旅館の支払いは結構な金額になるので、由希に任せた。これぐらいは自分のお金で何とかなるって言ってたし、実際いちばん楽しんでいるのは由希だからな。

部屋でまた檜のお風呂に入って、テレビを観て、眠くなってきたので隣の間に寝かせた。今夜もしばらく由希が添い寝していた。添い寝なんかしなくても寝られるんだろうけど、やっぱりね。まだまだお母さんが恋しい年齢だろうし。

贅沢に、庭に向かった濡れ縁で籐椅子に座る。煙草を吹かす。三十分もしないうちに、由希がそっと襖を開けて出てきた。今日は普通に。

「寝たわ」

「お疲れ様」

うん、と頷きながら、正面の籐椅子に座った。

「いやー、本当に贅沢だわぁ。こんな贅沢、初めてかもしれない」

「そうですね」

「でもあれよね」

由希が煙草を手にして、火を点ける。

「何だか先生は慣れてるわよね。こういうところ」

「そうですか?」

「そうよ。泊まり慣れてるみたいな風情」

そうでもないけどな。

「修学旅行とか多いですからね。そのせいでしょう」

あ、そっか、って頷く。煙草を吹かす。煙が開けた縁側から庭に流れていく。化粧をしてない由希の横顔を淡く照明が照らす。

年相応の、女性の美しさはあると思う。まだ若さを残して、それでも世間の辛さを知った表情だ。

「それで？　凜子の親の話だっけ」

「そうです」

どうして、あすかちゃんを預けられないのか。由希は、うん、って頷いた。

「簡単な話よ。跡継ぎ」

「跡継ぎ？」

そうよ、って由希は言う。

◆

凜子の母親は、まぁ先生の方がよく知ってるんでしょ。そもそも愛人から後妻になった人でしょ？　それで高校生の娘と一緒になんか暮らせないって言われてあの子は一人暮らししていたけどさ、本当の理由っていうか、そういうの、先生は聞いてないでしょ。

そうよね、先生には言えないわよね。

あの子ね、継父に暴力を受けたのよ。文字通りの暴力と言葉の暴力の両方よ。

あの子が初めて継父に会ったときに何て言われたと思う？　お前は俺の子供じゃないから一切愛情はかけない。二十歳まで援助はする。それだけの関係だって直接眼の前で言われたのよ！　休み中のほんのちょっとの期間一緒に暮らしたんだけど、凜子が少しでも口答えしたら殴るのよ。思いっきり拳で。しかもよ？　お前がもう少し大きかったらその身体も魅力になって良かったんだがなとか言ったってのよ！

ひどいでしょ⁉

クソ野郎でしょ⁉

とんでもないでしょ⁉

殺したいって思うでしょ⁉

いいわよあたしが許すわよ殺してきてよそんなクソじじい。

母親は一切逆らわなかったって話よ。少なくとも後妻に収まって、これでようやく幸せな生活ができるって喜んでいたんだからそうなんじゃないの？　とことん腐った女よ。どうしてそんな女から凜子みたいないい子が生まれたのか不思議でしょうがないわよ。

そうよ、会社を二つも三つも持ってるのは今もそうよ。

今は会長さんなんじゃない？

そうそう、そういう名前の会社。

詳しくは知らないけど、景気はいいんじゃないの？

でもね、そういうクソじじいには報いがあって当然よね。

跡継ぎの息子は死んだのよ。それも二人も。

びっくりでしょ？　一人は交通事故だけど、一人は病死ね。なんでも心筋梗塞とかって話よ。

会社自体は別に跡継ぎなんかいなくたって、能力ある人を後釜《あとがま》に据えればいいんだろうけどさ。でも、クソじじいは死ぬ前に鈴崎の名前を持つ人間を跡継ぎにしたいって言い出したのよ。

その通り。

法的に〈鈴崎〉の名前を持ってる子供は、今や凛子とあすかだけなのよ。そこんところはクソじじいも神様のバチが当たったんじゃないの？

ざまぁみろよ。

いいのよそんなのもう一度言うわよ。

ざ、ま、あ、み、ろ！

それで、凛子がわざわざ熊本くんだりまで呼ばれたのは、そのクソじじいが静養している今の本宅がそこにあるわけ。

そこに呼び出して、あすかを自分に寄越せって言ったのよ。

孫であるあすかを自分で育てて、然るべき男と結婚させて、会社を継がせるって話よ。

何だったらお前にもちゃんとした男を与えてやるって。

冗談じゃないでしょう⁉

そういうことよ！

だから、あすかをあいつらに迎えになんか来させられないのよ！

そのまんま拉致《らち》されて、まぁそれは言い過ぎだけど、連れていかれたらもう二度と凜子とあすかは一緒に暮らせないわ。

いや暮らせるだろうけどさ、でもこれまでのささやかだけど幸せな母子二人だけの生活なんて二度とできないわよ。

だって、法的には凜子と親子なんだからね。クソじじいがあすかを家に連れて行ったって、傍目には祖父と孫なんだからね。

そうよ。

まぁ、金には不自由はしないわよ。

そこはそうよ。贅沢三昧で暮らしていけるかもね。暮らしていけるわよ確かに。

でも、凜子は二度と母親や、そのクソじじいとはかかわらないって決めていたんだから。

◆

「そりゃあね」

由希が、煙草を吹かして言う。

「凜子だってわかってるわよ。クソじじいにあすかを渡したって不幸になるとは限らない、むしろ大きな会社の経営者の跡継ぎとしてまったく何不自由なく暮らしていけるわよ。でも、結婚は間違いなく政略結婚よ。そんなの、母親として、愛する娘にそんな暮らしを与えられる？　できないでしょ？　そう思うでしょ？」

「思いますね」

「だから、先生に救ってほしいのよ。あすかを」

真面目な顔をして、真っ直ぐに俺を見る。

そこには何の誤魔化《ごまか》しも、嘘もないってわかるさ。

「そういうことでしたか」

まぁおおよそそんな感じだろうと見当はつけていたけど、あらためて聞かされるとなかなか厄介な話だ。本当に真面目な高校教師でしかない修一の手には余るだろうな。

ここで、確認しなきゃならないな。

下手は打てない。あくまでも、修一として話を持っていくか、それとも他の嘘を用意するか。

考えるふりをして、煙草を吸う。いや嘘じゃないか。本当に考えているんだから。

「先生」

「うん？」

「凜子を救ってくれるんでしょ？」

「はい」

そこは、答えておく。

俺は、そのつもりだ。

最後には、修一を呼ぶ。呼ぼう。話をあらためて聞いて腹は決まった。

修一を、凜子に会わせる。もちろん修一には事情は全部話すし、俺が嘘をついて修一のふりをしてここまで来たことも話す。

儲けさせてもらった後にな。

作戦は、こうだ。

凜子に会うのは、もちろん修一だ。俺は当然会わない。

俺は、凜子に会う前に、凜子の父親という鈴崎興産の会長、鈴崎与次郎《よじろう》に会う。会って、だまくらかす。

金を貰って、とんずらする。その金はこれからの修一と、もちろん今文無しの俺にも必要な金だ。

もちろん、凜子と修一がきっちり鈴崎から逃げられるように手筈《てはず》を整えた上での話だけどさ。俺は、他の誰を裏切っても修一だけは裏切らないから。

「ねぇ」

「はい」

「凜子と結婚してくれる？　あすかの父親になってくれる？」

そこは。

今は答えられない。たぶん修一ならそうするだろうけど、そこは修一に答えさせたい。いや違うな。

俺が答えるべきじゃない。

「その点に関しては、凜子さんと会ってから話し合います。彼女のいないところで話すべきことじゃないでしょう」

由希が頷いた。頷きながら、煙草を揉み消した。

「それはまぁ、そうね」

でもね、って言う。

「そういう気持ちは持っててくれてるんでしょ？　熊本まで行くって決心したんだから」

「それは、そうです」

また由希は、じっと俺を見た。

「どうして、そこまで確信が持てるの？」

「確信？」

なんのことだ？

由希が、また俺を真正面から見る。見据える。

嫌な予感が全身を走った。

「あなた、誰？」

「誰って？」

来ちまったか。

バレちまったか。どこでだ？　どこで俺は失敗した？

「とぼけなくてもいいわよ。別に大声で騒いだりしないから。あなたが、凜子の大事な先生、片原修一先生の友達だってことはわかってるわよ。あれだけ詳しいんだから」

籐椅子の背に凭《もた》れて、小さく息を吐いた。

「最初から、イメージが違ったのよね。まぁあたしが勝手に持ってたイメージだけどさ。凜子の話してくれた先生のイメージとはちょーっとズレてるかなーって。でも、先生の部屋にいたんだし、話していることは全部ピッタリだったしね、まさか別人だとは思わなかったわよ」

俺も、息を吐いた。ここでじたばたはしない。

「どこでわかった？　俺が偽者だって」

「あら」

由希がニヤッと笑った。

「急に口調が変わったのね。そうよ、その方があんたのイメージに合うのよね。でも、先生の真似もすごく上手だったけど」

少し、睨んだ。

「あすかがさっき教えてくれたわ。免許証に書いてあった名前が違うって」

やっぱりそこだったか。

「迂闊《うかつ》だった。子供だと思って油断したよ」

「あら」

由希がひょいと肩を竦めて、また煙草を取って、火を点けた。

「あすかは最初からわかってたみたいよ。卒業アルバムの写真と顔が全然違うって」

「そっか」

そこからバレてたか。

「でも、それじゃあどうしてあすかちゃんは騒がなかったんだ？　先生とは違うって」

由希が、ゆっくりと微笑んだ。

「子供って不思議よね。ねぇ、あなたに会ったときからあすかは普通だったでしょ？　普通っていうのは、変におどおどしたり避けたりしなかったでしょ？」

「まぁ、緊張はしていたみたいだけどな」

「そうよ。あたしもそれで信用しちゃった。あの子ね、父親がいないせいかな。大人の男の人の前ではかなり萎縮《いしゅく》しちゃうのよ。それなのに、あんたにはしなかった。あんたって呼ぶのも失礼ね」

背筋を伸ばして、俺を見た。その表情に険はない。

「あらためて、初めまして。篠田高之さん」

一瞬免許証を見ただけで、きちんと名前も覚えたのか。あすかちゃんはなかなかやるな。

「初めまして、篠田高之です。後できちんとご説明しますが、片原修一とは、あえてその言葉を使いますが、親友です」

ここは丁寧に自己紹介する。俺だって誰にでもぞんざいな口をきくわけじゃない。由希が頷いた。

「篠田さんね。あの部屋にいたんだから、親友っていうのも信じるわよ。タカちゃんって呼んでいい?」

「やめろ」

「冗談よ。それでね、あすかが言うには、全然怖くなかったって。会った瞬間から、この人はきっと自分たちに優しい人だってわかったんだって。そして、話してもそうだったって。先生のことをよく知ってるし、お母さんのことも知ってた。だから、騒がなかったんだって」

　なるほどね。本当に子供は不思議だ。

「で、本物の先生はどこに行ったの？　なんであの部屋にいなかったの？　どうしてタカちゃんはあそこにいたの？　どうしてタカちゃんは先生になりすましてここまで来たの？」

　結局タカちゃんって呼ぶのかよ。いいけどな。

　盛大に溜息をついた。長い夜になりそうだ。ここまで来たんだから、撤退するわけにはいかない。

「ひとつひとつ話そう」

「そうして」

「まず、修一はもちろん元気だ。今はフリースクールでアルバイトしてる」

「フリースクール？」

　そうだ。

「旭川《あさひかわ》に行ってるんだ。いろんな事情で学校に通えなくなった子供たちに勉強を教えて、そして学校に戻すか、あるいは学校を卒業したっていう証《あかし》、高卒認定とかそういうのだったか？　それを取らせるために一生懸命やってるよ」

　なるほど、って由希は頷いた。

「セクハラ疑惑で追い出されたってのは、どういうわけだったの？　もちろん冤罪ってのは信用してるけど」

「まぁ長い話になるし、生徒がかかわってる。あいつが言うにはその生徒の将来のためにも詳しくは話せないんだってさ」

「そこをかいつまんで」

「俺も詳しくは聞けなかったが、要するにバカ親が修一に恋をした。もちろん夫がいるのにだ。少し引きこもりがちの自分の娘を利用して修一を誘惑したんだが、もちろん修一はきっぱりと拒否した。生徒のためにも公《おおやけ》にはできなかった」

「それで、逆恨みしてセクハラって騒いだわけ？」

由希が呆《あき》れた顔をする。そう思うよな。

「そんな感じらしい。まぁとにかく、あいつが黙っていれば、罪を被ればその生徒が傷つくことはなかったんだ。助かったんだ。だから、あいつはそうした」

「自分が教師の職を失ってもなの？　そんなのその生徒のためにもならないじゃない」

「だが、それでも親は親だ。少なくとも子供の心配をしたのは確かなんだ。教師の代わりはいても親の代わりはいない。そういうふうに考える奴なんだよ修一は」

とことん、生徒のためだけを思う先生なんだ。

「それはきっと、凛子がいちばんよく知ってる」

「まぁ、そうね」

　由希は、少し首を傾げて俺を見る。

「じゃあ、次ね。タカちゃんはどうしてあの部屋にいたの？　二人で暮らしてるって感じじゃなかったわよね」

「そうだな。俺が転がり込んでいたんだ。無一文になったんでね」

「無一文？　ってことはタカちゃんはなに、無職なの？　その年でどん底まで落ちたの？　その割りには随分といろんなことを準備できたわよね。車とかキャンプ道具とかいろいろ」

　そこを話すか。こうなったら由希にも協力してもらわなきゃならない。

「俺の職業は、詐欺師だ」

「詐欺師ぃ？」

　もっとも、そう名乗る場面はないけどな。

　まずは、俺と修一がどういう関係かをきちんと説明してやった。

　どんなふうに子供時代を過ごしてきたか。

　あいつの親と妹が事故で死んだときに、俺がずっと付き添っていたことも。

　それからもずっと俺と修一は一緒に人生を歩んできたことも。何もかも包み隠さずに話した。この先由希には相棒になってもらわなきゃならない。相棒とは信頼関係を築かなきゃならない。

由希は、涙ぐんでた。

「本当に、本当に、タカちゃんと先生はいい友達だったんだね。大親友だったんだね」

由希はティッシュを取ってきて洟《はな》をかんだ。俺は心底お前さんが心配になってきたよ。

そんなに他人のことに感情移入ばかりしていたら、本当に不幸になるぞ。

「今も友達だ。過去形にするな」

「わかったわよ」

「何が」

「タカちゃんと先生が、何でもわかりあってる親友だってことは、わかった。タカちゃんは凜子のことを全部知ってたし、先生から聞いていたんでしょ？」

「そうだよ。何もかも話してくれた」

また洟をかんでから、由希が言う。

「ねぇ、そこで質問なんだけどさ。本当にあすかのお父さんは先生じゃないのよね？　別の男だっていうのは凜子の作り話じゃないの？」

「そう、実はそこなんだ」

「どこよ」

また振り返りやがった。そういうのはいいから。

「俺も鈴崎凜子の話を全部聞いていた。だから、あすかちゃんが凜子の子供だって知って、年齢を考えると高校卒業してすぐに産んだんだなって思ったら、ひょっとして修一の子供なんじゃないかって思ったのさ」

「ってことは、そういうことをしちゃったって聞いたの？」

ぐいっ、と前に身を乗り出した。

「いや、直接は聞いていない。というより、あいつは本当に何でも俺に話してくれるんだ。初めての相手の名前だって俺は知ってるよ。なのにな、鈴崎凜子とは本当にプラトニックで何にもなかったんだな？　って訊いたときに、そこだけあいつは俺に何かを隠したんだ」

「隠した？」

そうだ。

「言うべきことはあるのに、言わなかった。と、俺は感じた。まぁその辺はあんたと同じだ。言いたくなきゃいいやと思って俺もそれ以上は訊かなかったんだけどな」

「なるほどね。じゃあまだ疑惑はあるわけね」

それはまぁいいわって手をひらひらさせる。

「後で本人たちに確かめればいいんだから。それで？　どうして先生みたいないい人の親友であるあなたが詐欺師なの？　詐欺師なのに、無一文で先生のアパートに転がり込んでいたの？」

　そうだな。確かにそうだ。修一みたいないい奴には似つかわしくないんだけどさ。

「俺も、実はそう悪い男でもないのさ。成績だって修一より良かったぐらいだ。大学だって行って卒業した」

「そうよね」

「そうよねって？」

　ニコッと笑った。

「タカちゃん、頭が良い人だもの。そういう匂いがぷんぷんしてる。そういうのは、あたしよくわかるのよ」

「そりゃどうも」

　最初から詐欺師をやっていたわけじゃない。

「実は、法律事務所で働いていた」

「法律事務所！」

　眼を丸くした。

「なによそれ。まるっきり逆じゃないの。なんで法律事務所で働いていて、詐欺師をやってるのよ」

「表裏一体なんだよ。表裏一体ってわかるか？」

「わかるわよ。言ったでしょ。言葉にうるさいのよあたし」

そうだった。

「法律家になろうとしたわけじゃない。まぁ一応法学部だったからそういう気もなかったわけじゃないけれど、俺には無理だと思った。だから、大学卒業して就職もなかったときにバイトをしていたのさ。法律事務所の調査員だ」

「調査員」

「そういう仕事があるんだよ。まぁ事務員とかパラリーガルなんて言葉もあるけどな」

「パラリーガル？」

「弁護士の資格はないけど、弁護士さんの代わりにいろいろと調べたりする事務員さんのことをそう呼んだりするんだ。そもそも、弁護士は案件の調査をするのに実際問題として時間がないんだ。個人でやってたりすると、機動力には限界がある。おまけに民間人だから警察みたいに捜査権限もない。聞き込みしたくたってめちゃ苦労する。だから、調査員みたいな人間を置いたりすることもあるのさ」

なるほどね、って頷く。

「わかったわよ。探偵事務所の助手ね。明智小五郎《あけちこごろう》の小林《こばやし》少年ね」

「古いな。よく知ってるなそんなの」

「常識よ。お年寄りを相手にするんだから」

「とにかく、俺はそういうバイトをしていた。性に合っていたんだな。飛び回って事件を調べたり、関係者に話を聞いてまとめたり、最初は楽しくやっていたよ。でもな」

そうでした。

溜息をつく。

「そういう仕事をやればやるほど、人間の裏面を見ちまう。人生の暗黒面ばかりを知っちまう。そうしてさ、相手を騙せばそれで済んじまうってことに気づいたのさ」

「騙すってどういうこと」

「どんな事件でも、案件でも、こっちに都合の良いように人間の心を操作してやれば、簡単に事件が終わっていくのさ。ある事件で白い色だったんです、っていう人間の思い込みをちょっと突いてやってクリーム色じゃなかったのって誘導してやれば、その事件があっさり弁護士の勝利に終わったりするのさ」

由希が、顔を顰めた。

「別に有罪を無罪にするわけじゃない。あくまでもスムーズに終わらせるための方便さ。もともとそういう資質を持っていたんだろうな。そういうのを覚えちまった。そして」

世の中には、悪党なのにのうのうと罪を逃れる奴らがいる。

「弁護士先生の真っ当な、正義の味方のやり方じゃあ、どうにもならない連中がいるのさ。そういう連中を破滅させるのにはどうしたらいいかって考えたら、奴等を嵌《は》めて無一文にさせてやりゃあいいと思った」

「それでなの？　詐欺師を始めたのは？」

「始めたってわけでもないけどな。やっちまったら成功した。ラッキーだった。ただ」

「ただ？」

「快感を覚えたのも事実だ。なんだこんなことで奴等を地獄に送れるんじゃないかってさ。それで、弁護士事務所の専属のバイトも辞めた。もしバレたら弁護士の先生に迷惑がかかるからな。まぁ今でもたまに声が掛かって調査の仕事をフリーという立場ですることもあるんだけどな。だから」

財布を取り出して、そこから名刺を出してやった。

「今でもこういう名刺はある」

〈法律事務所調査員　篠田高之〉

由希に渡す。眺めて、うん、って頷いた。

「立派な名刺ね。じゃあ別に詐欺師なんて名乗らなくてもいいじゃない」

「詐欺師は詐欺師だ。人を騙して金を巻き上げて、それで暮らしている。いや、ここ何年間は暮らしてきた」

じゃあ、って口を尖らせた。

「どうして無一文になったのよ。そもそも先生のアパートに転がり込んだっていうのも。

住むところの家賃さえ払えなくなったからなんでしょ？」

「それはまぁ」

話せない。

「どうしてよ。詐欺師まで告白したんだからもういいでしょうよ」

「話すと、俺がとことんいい人になっちまうんだ」

「あら」

笑った。

「じゃあ尚更いいじゃない。教えてよ」

溜息をつく。まぁいいか。相棒になってもらうんだからな。恥を忍んで告白しよう。

「修一が手伝っているフリースクールは解散の危機にあったのさ。経営的な問題でね。あいうところはほとんど持ち出しばかりでボランティア意識が高いからさ」

「お金をあげたの⁉」

眼を丸くした。

「あげたんじゃない。あくまでも投資だ」

持ち金全部。何もかも。おおよそ五百万円。

「修一が、高校教師に復帰できるまで働こうと決めたところを、潰すわけにはいかないからな。住むところだってどうせ修一の部屋が空くことがわかってたからさ」

「タカちゃん」

「なんだ」

由希が、眼をパチパチさせた。

「あんた、いい人じゃない」

7

「いい人なんかじゃないさ」

とても善人だなんて言えない。詐欺師なんかやってるろくでもない男だ。

「ここまで修一を騙《かた》っていたのも、これはいいチャンスだと思ったからだ。あんたもあすかちゃんも利用して、鈴崎凜子の父親から上手いこと金をせしめられるんじゃないかと思ってな。とりあえずだまくらかしておこうと思ったのさ」

「でも、そうやってせしめたお金を友達のために使っているんでしょ？　自分を犠牲にしてるんじゃない。その詐欺ってどんなことやってるのよ。あ、ねぇそうしたらさ」

ひらひらと右手を振った。

「最初に泊まった小樽の温泉旅館！　友達だって言っていたけど、あそこも詐欺で、人を騙して泊まったってわけ？」

「そんなことしない。っていうかどうやってあの状況で、しかも子供連れで騙して泊まれるんだ。そんな上手い騙し方があるのなら教えてくれ」

「じゃあ本当に友達だったの？」

友達ではないな。

「本当ならどこから何が漏れるかわからないから教えられないんだけどな。誰にも言うなよ。あそこはいろいろ上手いことやって裏で儲けているのさ。俗にいうお役所とかそういうところと結託《けったく》してな」

どこの地方にもあるような話だ。補助金とか助成金とかそういう類いのもの。

「そこんところの弱みを仕事上、俺は握っているってだけの話だ。言っておくが何度もその手でただで泊まってるわけじゃないからな。今回はたまたまだ。あすかちゃんのためにな」

由希が右の眉《まゆ》をひょいと上げた。

「ならいいけど。でも、そんなしょうもないところ、さっさと告発して潰しちゃいなさいよ、世のため人のために」

「そういう問題じゃないんだ。そんなところでも働いている従業員は真面目な人ばかりだ。あそこが潰れたらそういう人たちが困るだろ。路頭に迷っちまう。俺は正義の味方じゃない。悪事を働いているような奴等でも、世の中の役に立ってる場合もある。あくまでも表面上でしかないけどな」

むー、とか言って由希は唸った。

「じゃあ、あの立派なキャンプ道具はどうしたの？　あれも弱みを握ってる奴から借りてきたの？」

「あれは、死蔵品だ」

「死蔵品？」

「世の中には新品同様なのに世に出せなくなってしまった物っていうのがたくさんあるのさ。いろんな事情でな。そしてそういうものを闇で流通させる連中もいる。そいつらからただで貰ってきただけの話。誰も損をしていないから安心してくれ」

「そんなツテがあるんなら、あらゆるものを新品で揃えられるじゃない。しかもそれをどっかに売れば生活費になるじゃないの。どうしてしないの」

これだから素人さんは困る。

「闇で流通させてるって言っただろ。っていうことは、そういうものを扱っているのは大抵はヤがつく皆さんか、危ないことを平気でやるような連中ばかりだ。いくら俺が詐欺師でも、そんな皆さんを敵には回したくないんだよ」

「なるほどね」

そうなのさ。この世には裏の話っていうのがごまんとある。

「その裏の見方を覚えたり、からくりを知ったりすれば、しょうもないことをして稼いでいる連中から金を巻き上げたりすることはできるようになっていく。何も誰彼の区別なく騙しているわけじゃない。俺が狙うのはろくでもないことをやって儲けている連中ばかりだ」

　俺は善人を悲しませたりしない。

「困っている弱者を見ると助けたくなる。子供は皆可愛い。だからまぁ」

　そういう意味では、俺は悪人じゃない。

「むしろ悪人だったら楽だったのになって思うことはあるけどな」

「悪人だったら、さっさと大金持ちになって左団扇《ひだりうちわ》で暮らせたのにって？」

「そういうことだな」

　金持ちじゃない。そもそも詐欺がそんなに簡単にできるはずもない。

「仕込みってものが必要だ」

「仕込みって？　どうやるの？」

「ケースバイケースだよ。相手に合わせてやるんだから、ここで教えられるものでもないだろうよ」

　とにかく長い時間を掛けて、あるいは騙す相手の性格を摑んでこっちを信用させなきゃならない。

「おまけにそいつから金を巻き上げた後に、俺が犯人だってわからないようにしなきゃならない。そうしないと、あっという間に俺はお縄になって犯罪者だ」

「それって大変じゃないの」

「そりゃそうだ」

大変なんだよ、詐欺ってのは。

「年寄りを騙しているようなのはあんなのは詐欺とは言わない。ただの強盗さ。強盗がちょいと知恵を絞った程度だ」

うん、って大きく由希は頷いた。

「あたしも許せないわ、あのオレオレ詐欺とかいう奴は。あたしのお客さんもあれに引っ掛かって大金騙し取られたのよ」

「そんな年寄りがキャバクラに来るのか。っていうか、それよりキャバクラであんたたちに騙し取られてるんじゃないのか」

「失礼な」

由希が唇を尖らせる。

「あたしたちは夢の時間を売ってるのよ。その対価に高いお金を貰っているだけ。これでもその夢の時間を演出するためにどれだけ苦労しているか」

「冗談だ」

ている。キャバクラの皆さんが苦労しているのは知ってるし、飲み屋商売の仕組みもよくわかっているけどな。ただしまぁキャバクラを経営している人の中にはコワイ人も多いってのも知ってるけどな。

「まぁいいわよ。要するに頭が良くなきゃ、変な言い方だけどちゃんとした詐欺はできないわね。つまりタカちゃんは相当頭が良いわけね。じゃあその頭を使って真っ当な仕事をすればいいんじゃないの？」

「その言葉をそっくりそのまま返したいけどね」

「あら」

「あんただって中々頭が回る。顔だって悪くないし、人当たりもいい。きっとキャバクラでも人気者なんだろう？　そういう人間だったら、真っ当な仕事を探した方がいいんじゃないか？」

由希がまた唇を尖らせた。

「あたしもそっくりそのまま返すわよ。それができてたら苦労しないわ」

あぁ、って溜息をついた。

まぁ、その溜息は何となくわかるよ。由希も善人なんだろう。宝くじで当たった三千万円をポンと友人にあげようとしているんだから。そんなの、ただのバカか本当の善人にしかできないだろう。

善人なのに、それなのに、真っ当な暮らしができそうもないんだ。真面目にきちんと毎日毎日地味な仕事をするってことに、どうしても身体と心が馴染《なじ》めないんだ。だから、自分をろくでなしと思ってしまう。

そう、思ってしまうんだ。自分は正しく生きる人たちに比べて、とんでもないろくでなしだって。

「俺とあんたは同類なのかもな」

「どういう同類？」

「真っ当な暮らしもできないろくでなしのくせに、いちばん大切な人のためには、自分の全部を捨ててもいいって思える人間だってことさ」

そうなんだろう？　って訊いたら、由希はくしゃっと顔を顰めて、笑った。

「そうなのかもね」

ふぅ、って溜息をつく。

「あたしは、凜子のためになら何でもできるかも」

「そうさ」

俺もだ。

俺も、修一のためになら何でもできる。してやりたい。

「あいつは、俺のたった一人の親友だ」

「あたしもよ」

凜子は、親友。そう言って、微笑んだ。

「何だろうな、これは」

考えてもわからない。ずっと昔からだ。どうして俺は修一と一緒にいるのか。あいつのためになら何でもするって思ってしまうのか。そう言うと、由希が少し悪戯《いたずら》っぽく笑った。

「あたしもね、考えたのよ。どうして凜子と一緒にいるのが楽しいのか。一緒にいたいと思うのか。あの子のために何でもできるって思うのか」

「理由がわかったのか」

少し、首を傾げてみせた。

「なんかの本で読んだんだけどね。人間って、あらかじめ失われて生まれてくるんですって」

「失われて？」

「そう」

「何を？」

「それがわかる人間なんていないのよ。わからないから、皆恋をしたり、愛に走ったり、仕事に精を出したり、趣味に走ったりするの。ひょっとしたらそれが自分にとって失われたものなのかもしれないって心のどこかで思いながら」

　なるほど。

「じゃあ、俺たちにとって失われたものっていうのは？」

「友達」

　由希が真っ直ぐに俺を見つめて言った。

「その本を読んで、あたしが失ったまま生まれてしまったのは、友達なのかなって。一生使っても傍にいてほしい友達を失ったまま生まれてきたから、凜子が大好きなのかなって思った」

「そうか」

　何となく、小さく頷いてしまった。

「俺にとって失われた欠片《かけら》が修一という友だったってわけか」

「そうなんじゃないの？　だから、ずっと一緒にいるのよ」

　家族よりも、恋人よりも、友達が欲しかったのか俺は。

「案外そうなのかもな」

「だから」

　俺を見つめたまま言う。

「その大事な親友のために、何とかしてよ。良い頭を使って、詐欺師のテクニックを全部使って、凜子と先生を幸せにしてやってよ。そうしてくれるなら、何でも協力するわ。あたしにできることなら」

「わかってる」

わかってはいるけど、さすがに難題ではある。

「本当のことを言おう」

「どうぞ」

煙草もう一本ちょうだいね、って手を伸ばしてきたのでそっちに箱を滑らせた。

「凜子さんと修一の件はきっちり片をつけて、二人が幸せになれる手筈を整えようとは思っていた。でもそれは二人が会えばそれで解決するだろうってちょっと高を括っていたんだ。あすかちゃんを取られないようにするのは俺の役目じゃないな、とも」

「やめてよ」

「おまけに、あんたのことにまでかまっていられないともな」

あら、って笑った。

「あたしのことはいいわよ放っておいて。どうせ鈴崎家とは何の関係もないんだから、爺さんに何か言われることもないだろうし」

「安藤くんはどうするんだ。鍵を作ったらまた三千万を追いかけてくるかもしれないんだろ？」

「それは」

　ちょっと唇を尖らせた。

「放っておきゃいいわよ。どうせあたしを捜せないわよ」

「熊本を嗅ぎつけたんだ。そういうチンケな男ってのはやたら執念深いからな。ましてや三千万なんて大金が掛かっていたら、今度は失敗しないように二、三人の助っ人を金で雇ってあんたを捜すかもしれない。あっという間に見つかるさ」

　由希は、ちょっと肩を落とした。

「自分で蒔《ま》いた種だもん。何とかするわよあんな男。凜子たちの邪魔さえしなきゃ、あたしはどうなってもいいんだし」

「あんたはね」

　それでいいのかもしれない。

「でも、凜子さんはどうなんだ？　あんたのことを心配するだろう。あんたを踏みつけにして自分だけ幸せになるわけにはいかないって思うんじゃないか？　自分で自分を勝手に卑下したり自暴自棄になったりしたら、泣いて怒るんじゃないのか？　『何を考えてるのよ！』って」

　由希が俺を見て、少し苦笑いした。

「うまいわタカちゃん、凜子の口真似。どうしてわかるのそんなふうに言うって」

「何でも知ってるんだよ俺は。高校時代の凜子さんがどんな女の子だったかも。その頃からきっと変わっていないんだろう」

そうね、って小さく頷いて、微笑んだ。

「そうなんだわきっと。あの子は本当に変わらない。どんな状況になってもめげないし、負けないし、優しい」

「だから、あんたも幸せにならなきゃならないのさ」

「あたしも？」

そうだ。

「俺は、修一と凜子さんに幸せになってもらいたいと思った。今、そう決めた。こうなったらどうでもそうなってもらう。だが、修一は俺もちゃんとうまくやってないと納得しないだろう。凜子さんはあんたも幸せにならないと気が済まないだろう。自分たちだけ幸せになるなんてとんでもないってな。だから」

「四人とも幸せになる方法を考えなきゃならないってこと？」

「そういうことだ」

かなり難しい。

難しいがなんとかしなきゃならない。

「ねぇタカちゃん」

「どうでもいいが、すっかりタカちゃんって呼んでるじゃないか」

「どうでもいいならスルーしなさいよ」

そうしよう。

「あなたのこと、まだ知らないわ」

「俺のこと？」

由希が俺を真っ直ぐに見て、頷く。

「話したろう。修一の親友で詐欺師と調査員のハーフハーフだって」

「何がハーフハーフよ。それはわかったけれど、もっとプライベートなこと」

「最終学歴は大卒。家庭環境は一人っ子だって言ったろう。親はまだ生きているが、あんたと同じでほとんど交流はない。ただ産んでくれた人っていうだけだ。尊敬もしていないが、あえて疎んじもしない」

それで充分だろう。そう言ったら、由希は静かに首を横に振った。

「そこからの、あなたよ。先生と絡《から》んでいる以外のところのタカちゃん」

訊きたいことはわかったが、あえて黙っていた。

「タカちゃん、結婚は？　恋人は？　ひょっとしたらさ」

俺の眼を覗き込むので、顔を顰めてやった。

「本当にあんたは勘もいいな」

「でしょ？」

ニコッと笑う。

「そうじゃなきゃキャバクラでトップなんか保てないのよ。お客さんの様子を見て、会話をちゃんとして、その人がどんな人かを慮《おもんぱか》るの。そうして言っていいこと悪いこと、訊いていいこと悪いことを先回りして判断していくのよ。ただ顔が良いとかスタイルがいいだけじゃ、ちゃんとしたキャバクラ嬢なんかやっていけないのよ」

「わかってる」

どんな職業でも、それを極めようと思う人間は、もしくは極められる人間はちゃんと考えられる人間だ。

溜息をつく。煙草を取って、火を点けた。

「一度結婚をした」

由希が、こくり、と頷いた。

「だと思った。そして、子供がいるんでしょう？」

「そうだ」

いるんだ。

「女の子？」

「あぁ」

可愛いんでしょうね、って由希が優しく微笑みながら言うので、素直に頷いた。たぶん、俺は今初めて由希に見せる顔をしている。

自分の娘が可愛くて可愛くてしょうがない、お父さんの顔だ。

「それよ」

「何がだ」

由希がまた微笑む。

「最初にあすかに会ったときに、タカちゃんそういう眼をしたもの。その眼はね、子供を持ったお父さんの眼よ。顔よ。そうじゃなきゃできない顔なのよ。あたしはそういうのをたくさん見てきたもん」

「そうだろうな」

いいお父さんでもキャバクラに通う男はいるだろう。そんなしょうもないことしてないでさっさと家に帰って子供と遊んでやれ、と言いたくなるが、そこはまぁしょうがない。

「離婚したのね」

「したな」

「で、娘さんには会えなくなった」

由希が静かに言うが、小さく首を横に振った。

「会えないわけじゃない。少なくとも離婚調停でそう決められたとかじゃない。俺が、会わないようにしているんだ」

「詐欺師なんかやってるから?」

「まぁ」

そうだ。そこを理由にしている。

「離婚したのも、それが原因なのね。そんなことに手を染めてしまったから、子供に顔向けできないから別れたのね」

「憶測だけでものを言うもんじゃない」

「でもそうなんでしょ」

煙草を深く吸って、盛大に煙を吐き出してやった。

「その通りだ」

今となっては、後悔はしている。いくら頭に来たからって、そして自分がちょっと騙してやれば悪党たちを痛い目に遭わせられたとしても、どうしてもう少し我慢できなかったのか、ってな。自分の家庭のために、何故自重できなかったのかって。まぁ結局、俺自身がそういう人間だったってことだ。

「大学時代に知りあったんだ」

由希は静かに頷いた。

「咲子《さきこ》って名前だ。花が咲く、の咲子。だから、子供の名前は美咲《みさき》ってつけた。美しく咲いてくれるようにって」

「良い名前だわ。可愛い」

ありがとう、って素直に頷いた。美咲のことを考えるだけで、顔に笑みが浮かぶ。嬉しくなる。

「今、いくつなの？」

「十二歳だ。小学校の六年生」

大きくなった。あんなに小さかった赤ん坊が来年は中学生だなんて。

「じゃあ、あすかちゃんとそんなに変わんないじゃないの」

「そうだな」

「子供の、女の子の世話なんかできないって言ったのに」

「実際できないさ。もう十年も会っていない。いや、正確には顔は見てはいるが、一緒に暮らしたのはまだ赤ん坊の二歳までだ」

二歳かぁ、って由希が言う。

「じゃあ、お父さんの顔も覚えてないの？」

「覚えてないな。そもそも俺が父親だってことも知らないかもしれない。咲子は、美咲が四歳のときに再婚したからな」

そっか、って小さく頷く。

「咲子さんは幸せなのね」

「幸せだ」

旦那さんになった人は、建築設計事務所で働いている。一級建築士になった。手に職があって、真面目な男らしい。

「五年前には自宅も建てた。もう六歳になる美咲の弟もいる。幸せな四人家族だ。美咲の誕生日に撮った写真だけを、咲子は今も旦那に内緒で送ってくれているんだ。だから、どんなに大きくなったかだけは知ってる」

こくん、と、由希は頷いた。

「良い奥さんね」

素直に頷いた。

「俺にはもったいなかったさ。別れて正解だった」

「見ていい？　美咲ちゃん。そのスマホに入ってるんでしょ写真」

隠す必要もない。頷いて慣れた操作で写真を出した。一番最近の美咲。スマホの画面を由希に向けた。

「あらー、可愛いわー。奥さん似ね？」

「そうだな」

「顔の形が全然タカちゃんと違う。眼も違うし。でも口から下はタカちゃん似ね」

「咲子もそう言ってる」

由希は、静かに頷いた。

「会いたいわね」

「それは、もういい」

もう慣れた。このまま会えなくてもいい。

「いつか、結婚するときにでも、その姿を遠くから見られればそれでいいと思ってる。俺みたいな男ならそれでも上等だ。娘の幸せを見届けられるだけでも」

「そんなに自分を卑下しなくてもいいわ」

いつか、って続けた。

「美咲ちゃんと会えるときのために、今から真っ当な人生を歩めばいいじゃない。それは、モチベーションには充分じゃないの？」

「確かにな」

そんなことを考えたこともあるが。

「まぁいい。俺の打ち明け話はここまでだ。真っ当な人生を歩むにしろ何にしろ、それはこれを片付けてからだ。凜子さんと修一の再出発を見届けてからだ」

「そうね」

確かにそうだわって強く頷いた。

考える。おぼろげにその形は浮かんでいるんだが、そのためにはどうしてもそいつを抜きにしては考えられないだろう。

「なぁ由希」

「なぁに」

「あんたの元カレの安藤くんってのは、バカだよな？」

きょとんとする。

「お利口かバカかって言われたらバカね。そしてヒモみたいな暮らしをしても平気なクズみたいな男よ。そりゃあ女をだまくらかすことは得意かもしれないけど。どうしてそんな男と一緒にいたんだって話はもうやめてよ。気の迷いだったんだから」

「前にも訊いたが腕っぷしは強くないな？　弱いな？」

「そうよ？」

「ここがいちばん肝心なんだが、ヒモで平気な顔をしてるろくでなしだが、子供に対してはどうだ？　みさかいなく噛みつくような狂犬みたいな男じゃないだろう？」

眉間《みけん》に皺《しわ》を寄せながら由希が少し考えるような表情をする。

「そうね。子供に手を出すような男じゃないはずね。まぁ子供に接することなんかあまりなかったけれど、少なくとも、どこかに行ったときに子供にかかわったら、優しく声を掛けていたり笑いかけたりしていたはずよ」

「あんたを殴ったことは？」

「それはないわよ。少なくとも平気で暴力をふるうような人じゃない。どっちかっていうと甘い言葉と顔で母性をくすぐって女を騙すような奴よ。まぁだからあたしもなかなか別れられなかったんだけど」

「それなら、何とかなるか」

「何とかって」

　どうするのよって由希が訊いた。

「安藤くんに連絡は取れるんだろう？」

　思いっきり顔を顰めてから、溜息をついた。

「電話番号は覚えてるわ。あたしって悲しいことに記憶力がものすっごく良いのよね。そういうのって一度覚えちゃうと忘れないのよ」

「いいことだよ。やっぱりあんたは頭が良いんだ。じゃあ、そのしょうもない男の安藤正隆くんにさ」

　にっこりと笑ってやった。

「電話してくれ。車の鍵を速達で送ってやるから、自慢の車をすっ飛ばして夜中も走って三日後の、そうだな、陽が沈む頃に熊本の病院の駐車場に来てくれって」

　由希が思いっきり大きく口を開けて叫ぼうとして、今は夜中で隣であすかちゃんが寝てるのを思い出したらしく、自分の右手で口を塞いだ。

それから、眼を剝いて小さな声で、でも大口を開けて言った。

「どうするのよ！」

「どうするも何も、安藤くんにも協力してもらうのさ。凜子さんと修一が幸せになるために」

「何させるの！　あたしはどうなるのよ」

心配するな。

「あんたの方もケリをつけさせてやるよ。二度と安藤くんに絡まれないように。全部が終わった後にな」

右の眼を思いっきり細めて俺の顔を見る。

「本当でしょうね。もうその考えが浮かんでいるのね？　成功するのね？」

「勝算のない戦いはしない。それが詐欺の鉄則だ」

溜息をついて、スマホを持った。

「何て言えばいいのよ」

「そうだな。車の件は悪かった。偶然見かけたから思わずやってしまったってごまかせ。そして、最後に話があるから来てほしいって言うんだ。来てくれれば悪いようにはしないって」

「わかったわよ。するわよ」

顔を顰めたまま、画面をプッシュする。一度唾《つば》を飲んだ。じっと俺の顔を見ながら耳を澄ませている。

(由希!)

デカイ声が響いて、思わず由希がスマホを耳から遠ざけた。

「大きな声出さないでよバカ!」

たった一言だけど、安藤くんの声はわりと通る、そして良い声だった。それと駐車場で会ったときの合わせ技で、何となく確信した。

安藤くんはきっと上手く操れる。

これはまぁ俺の勝手な考えだけど、人間の顔と声ってのはわりと密接に関係があるんだと思う。声の質ってのは骨格も大きく関係してくるんだろう。だから、顔形の良い奴は声も良い場合が多い。

今の「由希!」って大声にはチンピラ特有の荒さとか、バカな連中の乱暴さはなかった。どっちかと言えば、正しく優男の雰囲気だ。

由希が熊本に来てくれって言ってる。なんだかんだと話をしている。その様子からもわかった。

安藤くんはろくでなしでも、根っからの悪人じゃないな。それだからこそ、由希も別れられなかったんだろう。

「とにかく来てちょうだい。時間は間違えないでね。陽が沈む頃よ。そうしないと会えないかもしれないからね」

電話を切った。

由希が溜息をつく。

「これでいいの？」

「上出来。あとは、安藤くんから電話がかかってきたら取れるようにしておけよ。どうせ着信拒否とかしてるんだろ？」

「そうだけど本当に？」

「本当に。来てもらわないと困るんだから」

まったくもう、とかぶつぶつ言ってスマホを操作しようとする。

「でもあれでしょ？　明後日になってからでもいいんじゃない？　すぐに掛かってきたら面倒臭くてしょうがないわ」

まぁそうか。あすかちゃんもいることだしな。

「そうだな。明後日からで充分だ」

「本当に大丈夫なのね？　言っておくけど、あたしは二度と正隆にはかかわらないって決めていたんですからね」

「わかってるよ。でもさ」

「なによ」

膨れっ面《つら》をした由希に少し笑ってしまった。確認しておこう。

「今、聞いてて思ったけれど、正隆くんは悪人じゃないんだろう？」

「悪人か善人かって言えば」

そこで言葉を切って、少し考えた。

「まぁ、善人じゃないけど、悪人ではないわね」

充分だ。

「それで、どうするの」

「次は、修一に電話だ。あんたにも回すからちゃんとしてくれよ」

自分のスマホで修一に電話する。この時間なら大丈夫だ。あいつが飲みに行ってるなんてことはありえないし、女といるはずもない。

呼び出し音が鳴って、二回のコールですぐに出る。

（はい）

電話の向こうで、いつもの、修一の声。俺が頻繁《ひんぱん》に電話を掛ける相手なんてのは修一だけだ。

「修一」

（うん）

あいつは電話しても「どうした？」とか言わない。何も訊かない。ただ「うん」と相づちを打って黙っている。いつもそうなんだ。

「どうだ調子は？　元気か？」

（元気だよ）

声に笑いが混じる。修一はいつも俺のことをお母さんみたいだって笑う。やれ、ちゃんと食べてるか、しっかりと毎日寝てるか、風邪は引いていないか。そんなことばかり言うって。

（何も問題ないよ。そっちはどうだい？　部屋の方は問題ない？）

「大丈夫さ」

実は、大家さんに修一の部屋に俺が住んでいることは言っていない。何か言われたら、ちょっと泊まりに来ているだけってことにしようと話したんだ。契約の関係で何かと面倒だからな。

「それでだな、修一さ」

（うん）

「大事な話なんだけど、今話せるか？　どこにいる？」

（大事な話？）

「そうだ」

とても大事な話だ。繰り返して言った後で由希と眼が合うと、見えるはずがないのに思いっきり深く大きく頷いた。

（いいよ。今は部屋だから大丈夫）

そうだと思った。部屋って言っても、フリースクールの事務所の隣の三畳間だろう。あいつは物置だったそこに机を置いて暮らしている。何もかも、フリースクール存続のためにだ。文字通り身を粉にしてあいつは働いている。

収入のためじゃない。そこに通う子供たちのためにだ。

「よし、話すぞ」

（なんだよ、コワイなもったいぶって）

「理由は何も訊かないでさ。三日後、熊本に飛行機で行ってくれ、と頼んだら行ってくれるか」

間が空いた。

二秒ぐらい。

（三日後？）

「そうだ」

（それは、いくらお前の頼みでも無理だろう。いや、その理由ってものにもよるだろうけど、学校を休んでまで行かなきゃならないことなのかい？）

まだ声に軽く笑いが混じっている。

どうせ俺の与太話だとでもまだ半分は思っているんだろう。でももう半分は、ちゃんと聞いているはずだ。俺がそんな愚にもつかない冗談をわざわざ電話で言う人間じゃないのを知ってるからだ。

「じゃあ理由を言うぞ。きっとお前は行く気になると思うな。心して聞けよ」

（わかった）

スマホを持ち替えるような音が響いた。

「確認するまでもないだろうけどな、鈴崎凜子さんを覚えてるだろう？」

（鈴崎？）

本当に驚いたような声を出す。そりゃびっくりするよな。いきなり素面《しらふ》のときにその名前を出したら。

そうだよな。

（もちろんだけど？）

お前の大事な生徒であり、大切な女性だった鈴崎凜子さん。

「彼女は今、熊本の病院に入院している」

一瞬だけ間が空いた。

（どうして）

それを遮る。

「まぁ聞け。鈴崎凜子さんは今たった一人だ。一人でお前を待ってるんだ。だから、フリースクールの方は俺に任せて、お前は熊本に行け。行ってくれ。入院先の病院の住所は後でメールするから。そして、俺もそっちで合流するから」

今度は間が入らなかった。

（病状は⁉）

「命にかかわる病気じゃないから安心しろ。そこは大丈夫だ。たぶんもうすぐ退院できるそうだ」

（そうなのか）

声に安堵の響きが混じる。

「どうしてそうなったのか、そして何故お前が会いに行かなきゃならないのか、その他もろもろの理由は会ってからきちんと話すよ。ちなみに何故俺がいきなりこんなことを言い出したのか、どうして凜子さんの消息を知っているのかというと、ここにいる凜子さんの親友である三芳由希さんが教えてくれたからだ」

（三芳由希さん）

「そう。ちょっと待てよ、代わるから。まずは挨拶だけしてくれ。長話はするなよ」

由希にスマホを渡すと小さく頷いて耳に当てた。

「もしもし、片原先生？　初めまして、凜子と十年ほどずっと一緒にいる三芳由希と言います」

間が空いた。修一が挨拶をしたんだろう。

「篠田さんの言ったことは本当です。信じてください。そして、詳細はお会いしてからにしますが、私もきちんとお話しします。とにかく、先生？　聞いてください」

由希が頷く。

「凜子はずっと先生のことを好きでした。本当にずっと、ずうっとです。今もです。それは私が保証します。先生が来てくれたら、きっと、絶対に、喜びます」

それだけ言って由希がスマホを返してきた。

「他に何か質問は？」

（たくさんあるけど、会ってからなんだろう？）

「そうだ。簡単な質問だけにしてくれ」

（スクールはどうするんだ）

「お前がいない間、そうだな、一週間やそこらは何とかできて、かつ信頼できる元教師や優秀な大学生を俺が手配するよ。あぁほら、松本《まつもと》教授なんかどうだ？」

（松本教授ならもちろん何の問題もないけれど、大丈夫か？　受けてくれるか？）

「そこは心配するな。俺が何とか説得する。そして、スクールの他の先生方には、大切な女性が入院してるんです、傍に行ってやりたいんですと素直に言えばいいさ。それで文句を言うような奴等が一緒にやってるんなら、もうそこで関係を絶った方がいい。男の一大事がわからないような奴等に若者を教育なんかできやしないって」

また間が空く。

二秒、三秒。

別に普段そんなことを話しているわけじゃないし、話していたら気持ち悪いが、俺と修一の間には、お互いに絶対的な信頼がある。

俺が真剣に話しているなら、その話は全部真実で、何にも疑いを持つ必要がないってことだ。凜子のことも本当なら、傍に凜子の親友がいるっていうのも本当。そうやって、修一は全面的に俺を信頼してくれる。

もちろん、俺もだ。

修一のことを信じている。

(わかった)

「うん」

(飛行機で行くよ。住所をメールしてくれよ。できればわかりやすく)

「もちろん」

実は修一は多少方向音痴なところがある。今はスマホのナビで知らないところでもどこでも行けるのに、地図を見ても若干不安っていうんだから困る。

「ざっと調べたけれど、札幌から熊本への直行便はないみたいだからさ。その辺は自分で調べろよ」

（もちろんだ。熊本空港でいいんだね？）

「ちょっと待ってくれ。熊本空港でいいんだよな？」

由希に訊いたら頷いた。

「そこでいい。そしてできれば、三日後の八月二日の夕方までに現地に着けるようにしてほしいな。朝早く出ればたぶん夕方には充分に間に合うはずだ。飛行機の時間がわかったらメールで教えてくれ。こっちもうまく合流できるようにするから」

（頼むよ）

溜息が混じった。

きっと、けっこう驚いている。心臓がばくばくいっているかもしれない。肝心なところでは度胸がいいんだが、変なところで小心者だ。

「それとな、修一」

（なんだい）

「女の子がいる」

（女の子？）

「あすかちゃんという、凜子さんの娘だ。今、小学校四年生。十歳だ。可愛くて賢い、凜子さんにそっくりな女の子だ」

（名前はあすかちゃんと言うのか？）

その言い方に、何かを感じた。

ひょっとしたらその名前は、修一と凜子さんの間だけで何か通じるものなのかとも感じたけれど、とりあえず放っておく。

「そうだ。あすかちゃんだ。本当に可愛いぞ楽しみにしておけ。今、俺と由希さんと一緒にいるんだ。熊本までちゃんと連れていく。それもこれも全部引っくるめての話なんだ。つまりだ、お前は、何もかもを十二分に覚悟してから熊本まで来てくれって言いたいんだ」

（わかった）

今度は間が空かなかった。

（何もかも、全部覚悟を決めてそっちに向かうよ）

「いいんだな？」

小さく笑う声が聞こえた。

（いいも何も、そのつもりだったんだろう？）

「その通りだな。じゃあよろしく頼むよ。じゃあな」

電話を切る。由希が心配そうな顔をして、急《せ》かすように言う。

「どうだった？　先生何て言ってた？」

頷いて、笑ってやる。

「何もかも、覚悟を決めて熊本に向かうってさ」

あれだ、顔文字の〈パァアアア！〉って感じで由希の顔が明るくなった。

「そうなの⁉　あれだけでいいのね、あなたたちの間って。本当に親友なのね！」

「仕事では人を騙しても、日常生活では嘘はつかないのが俺のポリシーだ」

そんな口上はどうでもいいわよって手をひらひらさせる。失礼な奴だ。そして、おもしろそうに笑った。

「でもあれね」

「なんだ」

「やっぱり先生と話すときには口調が変わるのね。なんだか子供みたいにはしゃいでいたわよタカちゃん」

そりゃあそうだろう。

「あんただって凜子さんと話すときには口調が変わるだろうよ」

「まぁそうね。それで、どうやるの。どうやってケリをつけるのよ」

難しいが、ある意味では簡単だ。

「二度と凜子さんとあすかちゃんに手出しはできないってことを、思い知ってもらうのさ」

8

虫の声が聞こえてくる。

あれは何ていう虫だったかな。確か、北海道にいない虫じゃないか。クツワムシだったっけ。虫には詳しくないのでよく知らないんだが、確かそうだ。

「思い知ってもらう？」

「そう」

「って、それはつまり言い換えれば、はっきりと明確な手段でケリはつけられないって意味？」

うん、その通りだ。本当に由希は頭がよく回る。ひょっとしたらこいつは頭が回りすぎて良い男を捕まえられないんじゃないのか。よくいるよな。ダメな男に惹かれてしまう女に限って、その他の面では頭が切れたりするんだ。

「どうしたってこれは、要するに身内のごたごたの話だろう？」

「そして俺たちはまったくの赤の他人だ。赤の他人が身内の揉め事に手出し口出ししてケリをつけられそうな明確な手段なんて、二つしかない」

「そうね」

「二つって？」

「暴力と法律さ」

この世の中には、その二つしかないんだ。由希が口を尖らす。

「確かにそうね」

「まぁその他にも大きな方法は二つあるんだがな」

「合計四つじゃないのよ」

「ところが後者の二つは、いちばんややこしいんだ」

「何よ」

肩を竦めてやった。

「金と、愛だ」

あぁ、って言って由希はかくん、と頭を垂れた。

「その通りね。世の中の大抵のことは金と愛で何とかなるわよね。そしてその二つって何とかなるけれど、後でまた揉めたりややこしくなったりする最大の元凶なのよね」

「その通りだな」

　さすがよくわかってらっしゃる。金は言うに及ばず、愛で問題解決は、厳しい。何でも愛で片付けようとする奴は確かにいるが、それで何かが解決するのは大抵の場合善人の集団においてだけだ。

「あいつは善人なんかじゃないわよ。凜子の父親は。海千山千のひひじじいよ」

「だろうな」

　しかも金持ちだ。つまり金で片はつかないし、そもそも俺たちにそんな金はない。三千万なんてただのはした金だろうよ。

「だから、暴力と法律しかないってことね。でも暴力は論外よね」

「論外だな」

　俺は自分の身を守る程度の技は身に付けてはいるが、そんなもんでこれは解決なんかしない。そもそも使うつもりもない。

「そんなもので凜子さんと修一の二人を幸せになんかできないだろう」

　その通りよって由希が頷く。

「でも法律でも、片をつけるのは難しいんでしょ」

「完全にはな」

　残念ながら法律も万能じゃない。

「万能だったら俺は義憤から詐欺師になんかならなかったな」

「そうでしょうね」

　由希は溜息をついてから、絶対に、あすかちゃんを病院まで連れて行くことはできないって言う。

「何度も言うけど、そんなことしたら連れて行かれてそのままよ」

「そして俺にもあんたにも、そして凜子さんにもそれを現場で法的には止められないってことだよ」

「そうなの？」

　そうなんだ。

「向こうも別に拉致するように無理矢理引っ張っていくわけじゃないだろう。おじいちゃんとおばあちゃんが孫を家に連れて行くだけだ。その場で騒いでも修羅場になるだけだろうし、凜子さんは性格的に騒がないだろう」

「騒がないわね。向こうにはお母さんもいるんだし」

「後で裁判を起こしたところで、今のところ状況は圧倒的に凜子さんに不利だ。そもそもそんな裁判にはとんでもなく時間も金も掛かる。何よりも、あすかちゃんが可哀想だ。あの子のことだ。これは自分がいるから起こっている問題だとすぐに気づいて心を痛めるだろう。そもそもあすかちゃんは別におじいちゃんおばあちゃんを嫌っているわけじゃないだろ？」

そうじゃないけど、って唇を尖らせる。

「あすかはあの通り、頭も良いし大人の事情も察する子よ。嫌ってはいないし、嫌ったりなんかしたら、凜子が困るってわかってるのよ」

「だろうな」

「でもあれでしょ？　親権は凜子にあるんだから」

「それも、そうだ」

子の親権は、文字通り親にある。

「親権ってのは、《子供の身上に関する権利義務》だ。これは《身上監護権》だな。そして《子供の財産に関する権利義務》だ。これは《財産管理権》だな。その二つをもって親権と言う」

由希が眼を大きくした。

「さすがね。難しいこと知ってるのね」

「基本中の基本だよ。小さな弁護士事務所の仕事なんてのは大半がそういうものだからな。それに、自分の身にも当てはまることだからな」

あぁ、って由希が少し顔を顰めて頷いた。

「そうでしょうね。よく話は聞くけど」

「そして、親権ってのは、親しか持てないんだ。親権者、だな。これは両親でなければならない。たとえ祖父母でも親権者にはなれない。つまり鈴崎与次郎とその妻。えーと」

「尚子《なおこ》よ。凜子のお母さんの名前」

「尚子さんが、つまり祖母が勝手にあすかちゃんの保護者になると宣言して連れて行って、裁判を起こしたとしても親権の移動は法的にはありえない。凜子さんが拒否してあすかちゃんを札幌に連れ帰ればそれで話は終わる」

「終わらないのよ、それが。そういうもんなんでしょ？　弁護士さんの扱う民事訴訟とかそういうのは」

その通りだ。

「大抵の場合、子供の眼の前でそんな騒ぎを起こすのを、大人は避ける。不思議なもんで、どんなに強欲な大人でも、子供を守ろうとする親でも、子供がいる場では騒ぎは起こさない。後で話し合おうとする。だから強い立場の人間がそこにつけこんで子供を連れ帰ったりもするんだ」

「この場合はじいさんばあさんよね。強い立場なのは。なんたって凜子はお母さんの幸せな立場を壊すような真似はできないし、ささいなもんだけど今回は急に具合が悪くなって、入院費用も全部持ってもらっているって話だし。凜子と話したけど個室で上げ膳据え膳の完全看護よ。病院自体に鈴崎与次郎の息が掛かっているっていうのよ。監視役みたいな看護師までついているって」

「だろうな」

　由希が溜息をつく。

「凜子もね。お母さんを捨てる勇気さえあれば、こんなに苦労しないのにね」

「まぁ親子の縁だけは、切っても切れないからな」

　よく『親子の縁を切る！』なんていうセリフがあるが、現在の日本の法律ではそれは不可能だ。

「そうなの？　何か方法があるんじゃないの？」

「ないんだよそれが」

　大きな文字で書いてもいいぐらいに【法的には不可能】だ。

「たとえば普通養子縁組なんかで親子になったのなら離縁すればいいだけの話だ。それでまったく問題なく文字通りの〈他人〉になれる。法的にな。だが、親父の種で母親のお腹で育って生まれた子供が、親との縁を切ったり、清算する方法は現行法律上まったく用意されてない」

　由希が思いっきり嫌そうに顔を顰めた。

「薄々気づいていたけど、やっぱりそうなのね」

「そうなんだよ。むしろ《直系血族及び兄弟姉妹は、互いに扶養をする義務がある》なんていうのがある。これは民法八七七条だ。要するに、法的にお互いの面倒を見る義務が課されちゃってる。義務だよ義務。あんたもいくら親と疎遠だって言っても、いざというときには面倒を見なきゃならないのさ。法的にも、まぁ人道的にもな」

「お互い様じゃない。タカちゃんだってそうなんでしょ」

「その通りだよ。それは覚悟しているさ」

由希がまた溜息をつく。

「さすが専門家ね」

「ただのお手伝いだけどな」

「わかってるわよ。子供は親を選べない。どんなつまらない人間でも親は親。葬式代を出す覚悟はあるわよ」

「葬式の前の介護費用もな」

冗談抜きで、家族なんてもんはただややこしいだけじゃないかって思うときもある。弁護士事務所なんかで働いていると痛感する。

「世の中の様々な問題ってのは、そのほとんどが〈家族関係〉から生じているんだぜ。それはわかるよな」

「なんとなくね」

離婚だ訴訟だ事件だなんだかんだ。弁護士が扱う案件のほとんど、いや全部と言ってもいいぐらいが血縁関係のもつれだ。それが原因で殺人事件も起きている。

「聞いたことあるわよ。殺人事件の犯人の五割だか六割だかが、親族なんでしょ？　つまり通りすがりの殺人なんて本当にパーセンテージが低いって」

「よく知ってるな。その通りだ」

ある統計によるとそういう事実が出ている。

「まぁ」

ベクトルが全然違うんだが。

「修一が愛する家族を持ちたくないって気持ちも十二分にわかるような気もするさ。愛憎って言葉があるように、それはどこまでいっても表裏一体さ」

愛が深ければ深い分だけ、それが裏返ってしまったときの恐さは身に沁みてわかる。

「まぁこんなところで人間の永遠のテーマを、二人で長々と話して世を憂《うれ》えていてもしょうがないんだが」

「そうよ。そんなの考えても滅入《めい》るだけよ。結局どうやるのよ。その、凜子とあすかに手出しはできないってことを鈴崎与次郎に思い知ってもらうのは。八方塞がりの話ばかりしないで、希望の計画の話をしてよ」

希望の計画か。

「後からの話にはなるが、法的な話をすると、相続放棄の話を凜子さんにしなきゃならないな」

「相続放棄？」

そうだ。

「凛子さんは、現在鈴崎家の人間になっている。つまり、与次郎が死んだらお母さんと一緒に遺産を受け取る立場にある。凛子さんが相続を放棄すれば、あすかちゃんにも相続の権利はなくなる。その権利を放棄するとの書面を作れば、ひひじいが凛子さんとあすかちゃんに固執《こしつ》するパーセンテージは少しは減るだろう」

それは、こんな問題に二度と関わりたくないという明確な意思表示だ。

なるほどね、って由希が頷いた。

「それは法的に有効なものなのね？」

「正確には与次郎が死ぬ前に放棄はできないんだが、そこは口八丁で何とかしよう。意思表示をするだけでもかなり違う。むろん、生前分与なんかの話もしない。つまり、凛子さんが、私は鈴崎家のお金なんか、まったく興味がないという証明をするんだ」

「喜んでするわよ。でも、それをやっちゃうと、きっとお母さんが困るって凛子は思うわよ？　凛子の最大の弱点はお母さんなんだから。鈴崎与次郎の言うことを聞くしかないって思っているのは、お母さんが与次郎に離縁されないためになんだからね？」

「まぁ」

確かにそこが大きなネックなんだが、詐欺にリスクは付き物だ。

「要は、〈鈴崎〉の名に、凜子とあすかちゃんに固執する、ひひじじいの眼を覚ましてやればいいんだろう。たぶん、何とかなるような気がする」

「気がするって」

由希が睨む。

「成功しなかったらどうするのよ！」

「それは」

出たとこ勝負だ。

「少なくとも、俺たちには武器がある」

「何よ武器って」

顔を指差した。

「俺も修一もあんたも、そしてあんたの元カレの安藤くんも誰一人、鈴崎与次郎にも凜子さんのお母さんにも顔を知られてないってことだ。そうだろ？　あんたも会ったことないんだろ？」

「ないわね」

「凜子さんはあんたのことを親友だってお母さんに話しているのか？」

「話してないわ。それはいつも言ってた。あたしに迷惑が掛かったら困るからって」

「だとしたら俺たちは、鈴崎与次郎の前では何者にでもなれるってことだ」

それが、武器だ。

☆

何も知らないあすかちゃんが、いつものように起きてくる。少し仏頂面《ぶっちょうづら》なのはいつものことだ。機嫌が悪いわけじゃない。きっと、朝が弱いタイプの女の子なんだろうな。もう少し大きくなったら「低血圧で朝はダメなのよ」なんてセリフを眉間に皺を寄せて言い出すんだきっと。

でも、まだ今のうちは可愛らしいもんだ。「おはよう」と声を掛けて、「元気か?」と訊くとにっこり笑って頷いてくれる。

言いたくはないし言わないが、自分の娘と過ごせなかった日々を想像してしまう。後悔している自分を誤魔化したりしない。それは、俺が生きていく糧《かて》にもなっている。悔いがあるから、自分はどん底まで落ちたり、悪人になったりしないと信じている。

「さ、食べよう」

旅館の朝ご飯は豪華だ。こんなに朝から食べていいのかってぐらいに出てくる。

「あすかちゃんは好き嫌いはないよな」

「全然ないよ。何でも好き」

「えらいな」

ご飯の食べ方ひとつ取っても、鈴崎凜子がきちんとあすかちゃんを育ててきたことがよくわかる。美味しそうに、きちんと一生懸命食べる。見ているこっちが嬉しくなってくるほどだ。

「あすかちゃん」

「はい」

「ご飯を食べたら、出発する前に大事な話があるんだ」

何だろう、という表情を見せながらも、素直に頷いた。自分たちは大きな事情を抱えながら一緒に旅をしているというのをちゃんとわかっているんだ。

由希と眼が合って、小さく頷いた。

昨日の夜にさんざん話し合って、どうやればいいかをシミュレートした。セリフの演技までつけてやった。由希は頭も良いし、そもそもがやり手のキャバ嬢なんだ。自分の演技で客を騙くらかすぐらいお手の物だ。本人はそんなことしたことないと怒ってはいたが、客を良い気持ちにさせられる夜の女は、自然な演技ができるもんなんだ。

「まず、あすかちゃんに謝る」

朝ご飯が全部片づけられて、荷物も全部片づけた。後は部屋を出るだけになって、座卓であすかちゃんと向かい合い、背筋を伸ばしてから思いっきり頭を下げた。

「嘘をついていた。あすかちゃんが気づいた通り、おじさんは片原先生だと嘘をついた。ごめんなさい」

そう言ってから顔を上げると、あすかちゃんはじっと俺を見ていた。そして、少し困ったような顔をしてから、小さく頷いた。

「お母さんが言ってた」

「なんて？」

「嘘はいけないって。ゼッタイに嘘をついてはいけないって。でも、大きくなったらわかるけど、嘘には良い嘘と悪い嘘があるって。だから、嘘をついたからってすぐ怒ったらダメだって」

うん。そうだな。

嘘には二種類あるな。

「これは、良い嘘だったの？」

あすかちゃんはそう言って、俺を見ている。

頷いた。

「おじさんは嘘つきだ。でも、この嘘は、良い嘘だ。そして、明後日もおじさんは良い嘘をつく。それは、あすかちゃんとお母さんと、本物の片原先生のためにだ。皆が、幸せになるために、そうなれるように嘘をつく」

　唇を引き結んで、あすかちゃんが小さく顎を動かした。

「それで、あすかちゃんにまたお願いがあるんだ。駐車場のときと同じように」

「おねがい?」

　ちょっと首を傾げた。

　何度でも思う。俺を見ているその瞳は、本当に本当にきれいだ。この瞳がそのままであってほしいと思ってしまう。大人になればなるほど醜いものを見てしまってどんどん濁っていっちまうんだが、そうなってほしくないと心から思う。

　由希は、あすかちゃんの隣に座って、肩を抱いて優しく微笑んで見守っている。こいつはきっと子供を産めばいい母親になると思うんだがな。

「明後日の夕方、お母さんのところに行く」

　こくん、と頷いた。

「おじさんと由希さんは、病院に入ったところでいったん別れて、すぐに後からお母さんの病室に入る。そうしたら、おじいちゃんおばあちゃんの前で、誰よりも早く、今まで通りに、『先生!』とおじさんを呼んでくれ」

　あすかちゃんが、きょとんと眼を丸くした。それから由希を見上げた。由希は、ゆっくり頷いた。

「あすかちゃんに嘘をつかせてしまう。でも、この嘘は、これからお母さんとあすかちゃんと、それから本当の〈片原先生〉の三人を幸せにするための嘘なんだ。わかってくれるかな？　おじさんと、由希さんを信用してくれるかな？」

俺の顔をじっと見る。それから、また由希を見上げる。何かを納得したように、あすかちゃんは頷いた。

「わかった」

「ありがとう」

「それだけで、いいの？」

いいんだ。

「それだけだ。他には何も言わなくていい。黙っていてほしい。由希さんがお母さんの親友だってことも、おじさんと三人で一緒に来たことも、何にも言わなくていい。ただ黙って、俺や由希さんの言うことをじっと聞いていればいい。お母さんにくっついていればいいんだ。できるかな？」

「うん」

今度は大きく頷いた。良い子だ。

熊本までは、一気に走った。

何もかも正直に話してしまったんだから、何を隠す必要もなく前日は現地のホテルに部屋を取った。今度は三人一緒にする必要もない。由希とあすかちゃんの部屋と、俺の部屋。

別々にしたのは準備があるからだ。いくら出たとこ勝負と言っても、あれこれと下調べは必要だ。ただ、今回は騙す相手との接触は必要ない。

鈴崎凜子は今日の夕方、五時頃に退院する。その時間になったのは、あすかちゃんがその頃に病院に到着するからだ。

そしてあすかちゃんは、今日の夕方、飛行機で到着して、病院に迎えに行くんだ。そういうことにした。もちろん鈴崎与次郎と凜子さんのお母さんへの嘘だ。当然、二人は病院へ迎えに来る。

あすかちゃんが俺と由希と三人で一緒に車で来たことは隠す。

鈴崎凜子には、由希がメールした。細かいことは説明しない。

「何かが起こる。でも、とにかく何があっても黙っていて。ただ、驚いていて。あたしの言うことを黙って聞いて事態を見守っていて」

そういうふうに説明させた。

バレたら、そこまで。尻尾《しっぽ》巻いて逃げるしかない。まぁ個室だっていうのが幸いしたよな。周りに邪魔が入らないところで、堂々と嘘をつけるし、何があっても大騒ぎにはならない。

手順は、大事だ。

夕方の五時ぐらい、あすかちゃんと由希と俺は病院へ行く。そのまま病室へ向かう。もう鈴崎与次郎とお母さんは病室に着いている。

修一には、俺がメールするまで近くの喫茶店ででも待っているように指示した。もちろん、修一は素直に従う。何といっても凜子さんと十年ぶりに会うんだ。しかもややこしい状況だというのは理解しているから、俺の言う通りにしてくれる。

そして大事な役割をする安藤くん。由希の元カレ。彼には、病院の正面玄関の近くに車で待つように言ってある。それ以外の情報は何も与えていないので、安藤くんは素直に待つしかないはずだ。

凜子さんのいる病室は五階。事前に確認した通りの部屋の位置。

あすかちゃんを先に行かせる。

病室の中から、声が上がる。

あすかちゃんの嬉しそうな声。そして、初めて聞く鈴崎凜子の声。良い声だ。想像していた通りの声音だ。名前の通りに、凜とした声。ぼそぼそと聞こえたのは、鈴崎与次郎とお母さんの声だろう。

由希と顔を見合わせた。

「行くぞ」

「いいわよ」

病室のドアを、ゆっくりと開く。立派な個室の横開きのドアは音もなく開いていく。

あすかちゃんの声が聞こえた。

「先生！」

オッケー。

あすかちゃん。最高の演技だ。

病室の中の全員が、こっちを見ている。

なるほど、これが鈴崎与次郎か。もう六十代後半だというのに身体に力がある。表情に艶《つや》がある。まさしく、成功した商売人だ。そういう顔をしている。

そして、そういう人間は〈学校の先生〉に対しては大抵きちんと対応するはずだ。ましてや、血が繋がっていないとはいえ自分の娘がお世話になったと聞いては、そうするだろう。

まず、そこを利用する。

「あ、どうも初めまして。凜子さんからあすかちゃんを預かっていた、三芳由希と申しますぅ」

下手な嘘はつかない。本名を使う。ケースバイケースだが、今回はその方がいい。後々面倒にならない。

由希が、ハンドバッグから名刺入れを取り出して、鈴崎与次郎に名刺を一枚渡す。もちろん普段は源氏名が書かれたキャバクラのカードが入っているんだが、今回は違う。

「フリーライターをやっております」

昨日作った名刺だ。これも大した嘘じゃない。フリーライターなんて名乗ったもの勝ちだ。今日からそうなったと言えばいい。

凜子さんは、少し驚いたように眼を大きくしたが、何も言わない。言わせないうちに、由希が畳みかける。

「あの、こちら、片原修一さん。凜子さんの高校時代の先生なんですよ。凜子さんの恩師ですね」

由希が言うと、あら、という顔を凜子さんのお母さんは見せた。こんな顔だったかしらと思うかもしれないが、顔は違うが俺と修一の背格好は似ている。そもそもがしょうがない母親なんだ。覚えてはいないだろう。

与次郎は背筋を伸ばし、頭を少し下げた。

「お世話になりました」

そう言った後に、しかし、と続ける。

「今日はまた何故こちらに？」

当然の疑問だ。頭の中ではいろんな可能性を探っているだろう。予想しているだろう。商売人ってのはそういうものだ。眼の前で起こっている出来事に対して自分はどんなふうに対処したらいいかを考えるんだ。それが習い性になっている。

（この高校教師だという男はたまたま現在は熊本にいて、凜子の入院を聞いて見舞いに来たのか？）

（いやいくら恩師でも十年経ってそれはないだろう。ということは高校卒業後もいろいろ付き合いはあったのか？）

（ひょっとしたら、あすかちゃんを連れてきた凜子の友人だというこのはすっぱな感じの女性と知人かあるいは夫婦か何かで、一緒にやってきたのか？）

（そもそもこのけばけばしい女は何だ？　本当に凜子の友人なのか？　いやあすかを連れてきたのだからそうなんだろうが）

などなど。

予想と、疑問。

そしてそれらの予想は、全部外れる。

俺は、演技をしている。

入院していたという凜子さんを気遣う顔も見せない。

堂々ともしていない。

ただただ、不安そうにびくびくしている情けない中年男を演じる。自分から喋りはしない。

鈴崎凛子さんは、凛子さんは、ただ驚いた顔をしている。戸惑っている。あれは演技じゃない。本当に驚いている。

見たこともない男を、親友の由希が〈片原修一〉だと紹介しているんだ。

しかし、何も言わない。

由希を、信用しているからだ。

〈とにかく何があっても黙っていて。ただ、驚いていて〉

それを、実行している。

「そしてねぇ、鈴崎与次郎さん」

由希が、嫌らしい口調で言う。思わず吹き出しそうになるのを堪える。ピッタリの演技だ。

「この片原先生ね。お前はいつでも詐欺師になれる。あすかちゃんの父親なんですよ」

与次郎の口が、開いた。

まったく予想していなかったのだろう。

思わず凛子さんを見る。お母さんもそうだ。本当に、心底驚いている。凛子さんは、ただ、俺を見ている。そして由希の顔を見る。

何も言わない。

その無言は、肯定だと捉えられるだろう。

「凜子！」

「あぁ与次郎さん。大声を出さないでくださいねぇ。ここは病院ですよぉ」

由希が続ける。

「びっくりですよねぇ。今まで凜子はあすかちゃんの父親の話なんかしなかったでしょ？　したとしてもね。それは嘘なんですよ。この先生に迷惑を掛けないようにずっと嘘をつき通していたんですよ。本当にね、友人としても思います、偉いなぁって。でもね、与次郎さん？　聞いています？」

「聞いているとも」

由希が老人の相手が上手いってのは本当だ。毎日毎日手玉に取っているんだろうさ。与次郎は、もう由希の話しか聞かない。

「今回ね、どうしてあたしがこの先生を連れてきたかって、あぁそうなんですよ。凜子には内緒で連れてきたんです。それというのも、この先生に謝罪させようと思ってね。謝罪ったってね、十年前のどうのこうのじゃないですよ。ほら、この辺ははっきり言わないでくださいよ、あすかちゃんがいるんですから。先生って言ったけど、今この先生は求職中なんです。それというのも高校を辞めさせられたんですよ。セクハラ疑惑で。そーうなんですよ。まぁ疑惑なんでね、そこはそれで詳しくは言いませんけれど。まぁ十年前のことといい本当にとんでもない男だなって思ってね。そうしたらまぁ今回の凛子さんの入院でしょう？　そして何ですか、聞いた話ではお祖父様はあすかちゃんを引き取るとか凛子さんと一緒に住むとかいう話でしょう？　いやぁそれはまぁこんなにもいろいろ複雑な事情のもとで、大した度量だなって思いましてねあたし。さすが九州の大立者と言われる鈴崎与次郎さんだと思いましてね。できましたら今回じっくりお話を聞かせていただけないかと思いましてね」

煙《けむ》に巻く、とは良く言ったものだと思うぜ。

由希が、ジャケットのポケットからICレコーダーを取り出した。もちろん、今日買ったものだ。録音中を示す赤いランプが点いている。

「いえ、もちろん、鈴崎さんの許可がなければ記事にはしませんけどね。〈九州の経済界の大立者の娘の夫はセクハラ疑惑の教師！〉なんてことにはなりませんよ。いやもちろん記事なんてものはご本人の許可がなくても出せるんですけどね。ご存じですよね？　最近はネットなんてものは便利なものであっという間に、今この場でもすぐにこの音声や動画を流したりできるんですよ。いえいえ動画なんて撮ってませんけどね。あぁこの手に持っているスマホは気にしないでくださいね。本当に便利ですよねぇ。あらどうしました。険しい顔で。あぁ、そうですか。どうやってあたしがここまで先生を連れてこられたのか疑ってらっしゃる？　女手ひとつで大の男を北海道から九州まで引っ張ってこられるはずがない？　そこはそれ鈴崎さん。あたしもこの業界長いものですから、窓の外を見てください。見えます？　あのなんだかろくでもない男」

そう。ここの窓から、可哀想にじっと待っている安藤くんとそのスカイラインが見える。そういうところに、停めさせた。さっきちらっと確認したが、安藤くん、この間と同じテラテラの服にサングラスで確かにいかにも、な格好をしたろくでもない男のままだ。が、それなりにイケメンではある。

「あの男と一緒に先生を連れてきたんですよ。え？　何ですって？　いやですよ脅したりなんかしてませんよ。嫌ですよ鈴崎さん。そうですよ、脅すっていうのは二重の意味でね。あたしは凜子の友人ですよ？　どうして友人の迷惑になるようなことをするんですか。事実だけを話しているんですよ。でも、ですねぇ鈴崎さん。あたしね、ぜーんぶ話は聞いているんですよぉ。凜子が高校生の頃にどんな仕打ちをあなたから受けたかもねぇ。殴ると高校生とはいえ、ネグレクトに近い、いえ傷害事件って言ってもいいようなねぇ。そんなことかねぇ。本当にびっくりしましたよ九州経済界の大立者がねぇ。そんなことねぇもう本当に」

脅しだ。

もし、鈴崎与次郎がこんな戯言《ざれごと》に付き合わなかったら、まったく動じなかったら、全部洗いざらい話して、無理矢理にでも凜子さんとあすかちゃんを連れて全員で北海道に帰るつもりだった。後の処理は、事務所の弁護士先生と相談するつもりだった。結局そこに落とし込むしかなかった。

由希はずっと話している。本当ならあすかちゃんには同席してほしくなかったが、俺にはわかった。ずっと下を向いているがあすかちゃんは、由希のこの喋りをきっと楽しんでいる。それを必死で隠している。

凜子さんは、もう驚くのを通り越して、呆れているな。でも、それでも何も言わずにじっと聞いている。

「それでねぇ鈴崎さん。結局何が言いたいかってことですけれど、せっかくこうしてわざわざ連れてきたんですから、このままあたし、全員連れて北海道に帰りますんで。向こうでね。まぁじっくり話してこのろくでもない教師にもしっかり責任取らせますんで、鈴崎さんには一切ご迷惑はお掛けしませんので、今後、一生、一切この二人には何も言わないでかかわらないでいただけますぅ？　そうですよ。何も言わないでくだされば ね。あたしも悪いようにはしませんので。ほらこれもこの通り」

由希がICレコーダーのスイッチを押した。ついでにスマホをそれらしく操作した。もちろん動画なんか撮ってないがな。

「ぜーんぶ消しますのでね。そうなんです。今回は凜子がご迷惑をお掛けしましたけれどね。まぁそれはそれとして、かように善処していただければ助かりますぅ」

「やったでしょ」

病院の喫煙スペースで煙草を吸っていたら、由希が缶コーヒーを持って入ってきた。

「やったな。まぁ正直あれは呆れていたんだと思うが」

鈴崎与次郎は帰っていった。凜子さんのお母さんも一緒に。本音を言えばただ馬鹿らしくて帰ったんだろう。血の繋がっていない娘のしでかした不始末をマスコミにバラすと脅されたところで、ビビるような男じゃないだろう。

ただ、会社経営者としてはリスク管理は必要だ。それは身に沁みてわかっているはず。だから、何も言わないで帰った。

「問題はお母さんよね。これで離婚なんかされなきゃいいけど」

「大丈夫だろう。そうなったとしても、どうせ最終的には凜子さんが面倒見なきゃならないんだ」

「まぁ、そうね」

「凜子さんは、怒ったか」

訊いたら、笑った。

「ただ呆れてたわよ。それに、怒り出さないうちに、本物の片原先生が来てるって言ったからね。今、慌ててちゃんと身だしなみ整えてるわよ」

「そうか」

修一にもメールした。病院の玄関のところに来てくれ、と。

「じゃあ、行くか」

「行きますか」

いよいよラストシーンだ。

☆

自動ドアが開く。その先に、修一の姿が見える。会うのは二ヶ月ぶりだが、また少し痩《や》せたかもしれないな。

凜子さんたちを先に行かせて、俺と由希は後ろでそれを見ていたんだ。二人の距離が、ゆっくりと縮まっていくのを。

凜子さんは、あすかちゃんの手をしっかりと握っていた。

「先生」

「鈴崎」

たぶん、十年前に何度もそうやって呼び合ったように、二人は言った。そう言って、後は続かなかった。

修一は凜子さんとあすかちゃんの両方の顔を見て、それから、少しかがんであすかちゃんと目線を合わせた。

「あすかちゃん、だね？」

「はい」

あすかちゃんは、笑顔を見せた。

今度こそ、本物の〈片原先生〉だぜ。

「初めまして。片原修一です。お母さんの、凜子さんが高校生のときの先生でした」

「知ってます」

にこっ、と笑う。修一も微笑んだ。どうだ。雰囲気がよく似てるだろ。お前の妹だった佳穂ちゃんに。胸の奥から何かがこみあげてくるだろう。

この様子をじっと見ていたい気もするが、本人たちは、人前ではこれ以上の話は続けられないだろう。

「修一」

後ろから、声を掛けた。振り返った修一に、車のキーを手渡すと、ちょっと眉を上げてそれを受け取った。

「俺の車だ。そこの駐車場に置いてある」

「車で北海道に帰れって？」

修一が言う。

「そうだ。お互い飛行機に乗る金もないだろう。往復のチケットを買ったんならキャンセルしろ。それでガソリン代と宿泊代も出る」

「確かに」

苦笑いした。ここまで来る飛行機代も、今のこいつにはきつかったはずだ。それでも、こうして何も言わずにやってきた。

「この後の話は、三人で道中じっくりとやってくれ。今回のことで何か訊きたいことがあったらあすかちゃんに訊けばいい。まぁメールくれてもいいしな」

「お前はどうするんだ」

それに、と、続けた。

「由希さんと、そちらの方は」

「子供じゃないんだ。適当に帰るから心配するな。後は」

後は、まぁ、わかるだろ。

修一の肩を叩いてから、凛子さんを見た。

「凛子さん」

「はい」

俺を見ている。まだ自己紹介もしていないが、俺を疑うような様子も何もない。修一と出会えた嬉しさからか潤んだままの瞳は、きれいだ。

「俺が言うようなことじゃないですけど、修一を信頼してついていってやってください」

少し眼を伏せて、それからまた俺を見て、頷いた。

「由希さんには、今夜の宿に落ち着いたら電話してください」

行ってください、と促《うなが》した。別に今生《こんじょう》の別れじゃないんだ。すぐにまた、札幌で会える。もちろん、会わなきゃならない。間違いなくこれから長い付き合いになるんだから。

「高之」

「いいから、行け。ラストシーンが長い映画は駄作だぞ」

笑った。

「じゃあ、後でな」

「あぁ」

ここまで乗ってきた俺の軽には、あのバッグが積んだままだ。由希が宝くじで当たった三千万円が入った鞄。説明は後でいいさ。

由希と二人で、修一と凛子さんと、あすかちゃんが車のところまで歩いて、それに乗り込むのを見ていた。

あすかちゃんがこっちを見た。俺と由希を見た。見て、笑った。またね、と言うように手を振ったので、振り返した。そうして、車が出ていった。

「眼が潤んでるわよタカちゃん」

由希が言う。

「うるさいよ」

あの笑顔で眼が潤まない男なんか、俺は信用しない。

「さぁーて、俺たちも帰るか」

言うと、由希が小さく笑って頷いた。

「どうやって帰るの？　私たち一文無しよ」

「簡単だ。車で来たんだから、車で帰る。そこにあるだろ。安藤くんのカッコいい二十年落ちのスカイラインが」

「な！」

十歩ぐらい離れたところに立っていた安藤が一足飛びで文字通り飛んできたけど、無視して助手席のドアを開けて乗り込む。それにしても、こうやって由希の姿を見つけてもずっと黙って待っていたお前も本当は良い男じゃないのか。

「だから何で俺が！　降りろよ！　これは俺の車だ！　それに土足禁止だ靴を脱げ！　あと お前誰だ！　由希の何だ！」

「うるさいよ」

頭をこづいてやる。まぁ可哀想だから靴は脱いでやる。いやむしろ長旅なんだから靴を脱いでゆっくりした方がいいから、歓迎だった。

「なぁ安藤くんよ」

「何だ！　そして誰だ！」

「お前、今まで生きてきて誰かの役に立ったことがあったか？」

「あぁ？」

「今、お前は何をしたのか、見ていたんならわかっただろ？　その頭でも理解しただろ？」

俺を睨んで、それからちょっと頭を傾げた。

「後でじっくり教えてやるが、子供たちに愛情を注いでその未来を紡《つむ》いでいくことだけに自分の人生を懸けている一人の真面目な教師と、その教師を高校生の頃から愛しその幸せだけを望んで、自分はその人の子供を授かっただけで幸せなんだと世間の片隅でひっそり暮らしてきた女性を結びつけるという、とんでもなく大きなことを成し遂げたんだぞ。誰にでも出来ることじゃないぞ？　自分のことを考えたらわかるだろ？　幸せってのを摑むのがどんなに難しいか。いいか、あの三人は今、幸せのまっただ中にいるんだぞ？」

ウィンドウの向こうを、はるか向こうを指差してやった。

「あの三人の親子の幸せな将来の道筋をお前は、今、まさに作ったんだぞ？　その当事者の一人になっていたんだ。お前がいなかったら、あの三人に幸せは訪れなかった。どうだい？　自分で自分を誇らしく思わないか？　良い気持ちにならないか」

ハンドルを握ったまま、安藤くんはじっと前を見て固まっちまった。

その視線の先には、もう紫色に暮れて街灯の明かりが眩しくなってきた道路があり、修一が運転していった車がある。その車の後部座席には凜子さんとあすかちゃんの笑顔がある。

心からの安堵と、そしてこれからの新しい毎日への希望に溢れた笑顔が。

「まぁ」

シートに凭《もた》れた。

「それは、思うな」

安藤が、呟くように言う。

「いいよな。ああいう姿は」

「だろう？」

そうなんだ。いいもんなんだ。

「誰かの幸せを祈ることで、俺たちのような小心者のろくでなしは、自分に絶望しないで生きていけるんだよ」

俺も、由希も、そして安藤、お前もだ。

「よし、わかったら車を出せ。北海道へ帰るぞ」

煙草に火を点けて、煙を吐き出す。後ろの座席の由希が、前のシートの間に身を乗りだしてきた。

「もう見えなくなっちゃったね」

「あぁ」

向かっているのは、同じ北だ。

北海道だ。

どこかで追いつくだろうし、追い越すかもしれない。

「一緒に行けばいいものを」

由希がくすっ、と笑った。

「親子水入らず、いや、新婚旅行の邪魔をする野暮がどこにいる」

「まぁそれはそうね」

今度全員で会うのは、きっとあいつらの結婚式だ。とことんにやける修一を思いっきりからかってやる。

「あすかちゃんのお父さんが本当に先生なのかどうかだけは確かめたかったわー」

「放っておいてやれよ。向こうが言い出すまで」

武士の情けだ。

「まぁそうね。ところでタカちゃん」

「なんだ」

由希が、くいっ、と顎で安藤を示した。

「あたしとこのろくでもない男の縁はきっちり切ってくれるんでしょうね。送ってやるんだからってまた近づいてきたら今度こそあたしは訴えるわよ」

「心配するな。文無しになったお前になんか近づかないさ。なぁ安藤くん」

安藤くんは驚いたように跳び上がる勢いで思いっきり動いて俺たちを見た。

「文無しって何だ！　あの当たりくじをどうかしたのか！」

「それも説明してやるから、いいから車を出せ」

安藤が、思いっきり顔を顰めて、嫌そうな顔をして頷いた。

「ガソリン代はあんたに請求するからな！」

ギアを入れて、アクセルを踏み込んだ。

それも心配するな。俺は詐欺師だ。舌先三寸で誤魔化すから。

解説　裏返しの家族小説

書評家　三橋《みつはし》 暁《あきら》

本作にぴったりの諺《ことわざ》がある。〝旅は道連れ、世は情け〟がそれだ。浄瑠璃《じょうるり》や歌舞伎《かぶき》の中にも登場するくらい古くから伝わる諺だが、テレビ・アニメ『ポケットモンスターDP』のテーマソングの中でも歌われていたほどだから、平成生まれの若い世代もご存じだろう。旅に出るときは道中を共にする連れがあった方がいい、それは世の中を渡っていくときも同じだ、というような意味である。

ひと口に旅というが、目的や形態はさまざまだ。夏休みに行く家族旅行もあれば、新婚旅行や卒業旅行、最近は少なくなったが会社の慰安《いあん》旅行もある。もしかして、駆け落ちや世間をはばかる二人の逃避行もそこに含まれるかもしれない。しかし本作で描かれる旅は、何と呼んだらいいのだろうか？

この『アシタノユキカタ』の登場人物「片原修一《かたはらしゅういち》」の旅の道連れは、なんとキャバクラ嬢と十歳になるかならないかの少女なのである。

小雨降るある夏の日のこと、「片原修一」が暮らす札幌《さっぽろ》の安アパートの玄関に現れた派手な化粧とドレスの二十代後半と思われる女性は、お店の源氏名でアリサと名乗った。そして、彼女の後に見え隠れするバッグを背負った少女を〝あすか〟と紹介し、この子の親であるシングルマザーのもとに送り届けてほしい、と切り出した。アリサこと本名・三芳由希《みよしゆき》の話の中で、彼の怪訝《けげん》な思いが驚きに変わったのは、あすかの母親が〝鈴崎凛子《すずさきりんこ》〟だと知った瞬間だった。凛子は、修一がかつて高校で教壇《きょうだん》に立っていた頃の教え子で、担任教師の彼を慕《した》う凛子に、修一もまた憎からぬ思いを抱いていた。しかし、卒業するとやがて音信も途絶《とだ》え、彼もゆえあって教師の職を辞してしまっていた。

かくして、あすかの健気《けなげ》な姿にほだされるように、凛子が入院中という熊本の病院を目指して、男女三人のワケありの旅が始まる。

さて、ここにご紹介する小路幸也《しょうじゆきや》の『アシタノユキカタ』は、季刊誌「Feel Love」vol.20～21から、WEBマガジンの「コフレ」2014.8.～2015.10.へと渡り歩く形で連載され、二〇一六年二月に祥伝社から単行本として刊行された。作者のファンなら、やはりタイトルにカタカナが並ぶ『ナモナキラクエン』（二〇一二年・角川書店刊）を連想するかもしれない。どちらも子が母親のもとへと旅する物語ではあるが、直接の繋《つな》がりはない。

初刊時の帯には、〝『東京バンドワゴン』の著者が描く心温まるロードノベル〟の惹句《じやつく》があった。この〝ロードノベル〟という言葉は、一九六〇年代後半に生まれたアメリカン・ニューシネマが積極的にテーマとして採り上げた、旅とともに成長や凋落《ちようらく》していく人々の物語を〝ロードムービー〟と呼んだことに倣《なら》ったものと思《おぼ》しい。

映画でいえば『俺たちに明日はない』（一九六七年）や『イージー・ライダー』（一九六九年）、小説ならばナボコフの『ロリータ』（一九五五年）やケルアックの『路上（オン・ザ・ロード）』（一九五七年）など、名作は数えきれないが、それらが一つのカテゴリーを形成するまでに至った背景には、若者文化の成熟とともに、交通手段としての自動車の大衆化《モータリゼーション》があったと言われる。そして、その系譜に属する本作にも、やはりその自動車が登場する。

札幌・熊本間の道のりは、ざっと見積もって二〇〇〇キロ。このロング・ドライブの移動手段は、「修一」がなけなしの金（？）をはたいて買った軽自動車だ。〝軽〟と聞き、由希からは思わずため息が洩《も》れるが、コンパクトな車体、排気量もそこそこの軽自動車が、この小さな大旅行では移動手段としてばかりでなく、時には宿泊施設としても活躍していく。

このように『アシタノユキカタ』は、「修一」ら一行が日本列島を縦断し、南をめざす旅を描いたロードノベルだが、それと同時に裏返しの家族小説であるともいえる。

　作者には、東京の下町で老舗《しにせ》古書店を営《いとな》む一家の人々をユーモアとペーソスたっぷりに描いた『東京バンドワゴン』（二〇〇六年・集英社刊）に始まる人気シリーズがある。二作目からは、ビートルズのナンバーやスタンダードの名曲からタイトルを戴《いただ》き、律儀にもきちんと年一作（しかも毎年春に刊行）というペースを守って上梓《じょうし》されており、最新作の『ヘイ・ジュード』（二〇一八年・集英社刊）で十三作を数える。

　バンドワゴンとは、パレードなどでその先頭をゆく楽師らを乗せた賑《にぎ》やかな楽隊車のことだが、それは主人公の一家である堀田《ほった》家を指している。この〝東京バンドワゴン〟シリーズが長く支持され続けているのは、四世代以上にわたる大家族の人間模様の濃《こま》やかさと、堀田家の人々をめぐる人情の機微《きび》にある。それが多くの読者の琴線《きんせん》に触れ、おおらかな笑いと切ない涙を誘ってきたからだろう。

　一方、本作で旅に出る「修一」、由希、あすかは、血の繫《つな》がりや姻戚《いんせき》関係のない他人同士だ。しかし、フェリーで津軽《つがる》海峡を渡り、本州の自動車道をたどり、関門《かんもん》海峡をくぐって九州へと至る長い旅は、次第に家族旅行の様相を呈《てい》していく。

　小さな温泉旅館をふりだしに、オートキャンプ場ではあすかに夏休みのキャンプ気分を味わわせ、立ち寄った老舗旅館では一緒に凜子へのお土産《みやげ》を選ぶ。そうやって走行距離を重ねていくうちに、何の結びつきもなかった筈《はず》の一行の間には、ほのぼのと温かな空気が漂い始める。

実は、にわかに家族を装うことになったこの三人は、それぞれ心の内に孤独や欠落《けつらく》感を抱えている。しかし、旅という新たな日常がそれを浄化するかのように、三人の心は穏やかに癒《いや》されてゆく。芽生《めば》えたばかり繋がりは、たちまち彼らの心に深く根を下ろし、やがて絆《きずな》へと育っていくのだ。

疑似家族の関係を通じて家族のありようを描く本作について、あえて〝裏返しの〟と断った理由は、そこにある。

ところで、作家小路幸也の出発点は、二〇〇二年の第二十九回メフィスト賞受賞だった。一九六一年生まれだから、四十歳を過ぎてのデビューということになるが、受賞作は、作者の来《こ》し方や、そこへと至る経験の豊かさも窺《うかが》わせる印象深い作品である。

町名の由来が基幹産業の製紙の原料（パルプ）生産だというパルプ町は、北海道旭川《あさひかわ》市に実在する町名で、作者の生まれ育った故郷でもある。受賞作であり、デビュー作ともなった『空を見上げる古い歌を口ずさむ pulp-town fiction』（二〇〇三年・講談社刊）は、昭和のノスタルジーが漂う中、特殊な条件下における犯人探し《フーダニット》が繰り広げられる、ミステリとしてぶれない軸のある作品だった。

特徴的だったのは主人公の少年の一人称で、読む者に訴えかけるかのような独特な語り口《ナラティブ》は、のちに〝東京バンドワゴン〟シリーズにおける死者を語り手とするユニークな手法にも形を変えて、引き継がれていく。そして、そんな語り口のマジックは、本作でも奏功《そうこう》している。

とはいっても、そこはこの作者のこと。先鋭的な作風にも門戸を開くメフィスト賞出身という出自はあるものの、決して奇を衒《てら》わない。読者を疑心暗鬼に駆り立てる叙述トリックなどではなく、読者をあっと言わせる趣向にも、騙されても決して憎むことのできない人懐《ひとなつ》こさとカタルシスがあるのだ。

真の主人公をめぐり、物語の主役のアイデンティティすらも揺らぐスマートで心やさしき騙しのテクニックは、読む者を心地よく欺《あざむ》いてくれる。

旅には、自身を見直し、自分がおかれている現在の状況を再調整してくれる働きがあると言われる。この『アシタノユキカタ』のテーマも、まさにそれだろう。

七日間にわたる二〇〇〇キロの旅が、三人、そして彼らにとって大切な人々にもたらしたものは何か。物語は、登場人物たちの新たな旅立ちを暗示して幕が降りるが、そこにこめられた作者のポジティブなメッセージを読み取っていただければと思う。

（この作品『アシタノユキカタ』は平成二十八年二月、
小社より四六判で刊行されたものです）

アシタノユキカタ

一〇〇字書評

切り取り線

購買動機（新聞、雑誌名を記入するか、あるいは○をつけてください）

□（　　　　　　　　　　　　　）の広告を見て
□（　　　　　　　　　　　　　）の書評を見て
□ 知人のすすめで　□ タイトルに惹かれて
□ カバーが良かったから　□ 内容が面白そうだから
□ 好きな作家だから　□ 好きな分野の本だから

・最近、最も感銘を受けた作品名をお書き下さい

・あなたのお好きな作家名をお書き下さい

・その他、ご要望がありましたらお書き下さい

住所	〒				
氏名		職業		年齢	
Eメール	※携帯には配信できません		新刊情報等のメール配信を 希望する・しない		

この本の感想を、編集部までお寄せいただけたらありがたく存じます。今後の企画の参考にさせていただきます。Eメールでも結構です。

いただいた「一〇〇字書評」は、新聞・雑誌等に紹介させていただくことがあります。その場合はお礼として特製図書カードを差し上げます。

前ページの原稿用紙に書評をお書きの上、切り取り、左記までお送り下さい。宛先の住所は不要です。

なお、ご記入いただいたお名前、ご住所等は、書評紹介の事前了解、謝礼のお届けのためだけに利用し、そのほかの目的のために利用することはありません。

〒一〇一－八七〇一
祥伝社文庫編集長　坂口芳和
電話　〇三（三二六五）二〇八〇

祥伝社ホームページの「ブックレビュー」からも、書き込めます。

http://www.shodensha.co.jp/bookreview/

祥伝社文庫

アシタノユキカタ

平成31年 1 月20日　初版第 1 刷発行

著　者　小路幸也《しょうじゆきや》
発行者　辻　浩明
発行所　祥伝社《しょうでんしゃ》
東京都千代田区神田神保町 3-3
〒101-8701
電話　03（3265）2081（販売部）
電話　03（3265）2080（編集部）
電話　03（3265）3622（業務部）
http://www.shodensha.co.jp/

印刷所　堀内印刷
製本所　積信堂
カバーフォーマットデザイン　芥 陽子

 ISBN978-4-396-34485-6 C0193

祥伝社文庫の好評既刊

祥伝社文庫の好評既刊

伊坂幸太郎
陽気なギャングが地球を回す
史上最強の天才強盗四人組大奮戦！映画化され話題を呼んだロマンチック・エンターテインメント。

伊坂幸太郎
陽気なギャングの日常と襲撃
華麗な銀行襲撃の裏に、なぜか「社長令嬢誘拐」が連鎖——天才強盗四人組が巻き込まれた四つの奇妙な事件。

伊坂幸太郎
陽気なギャングは三つ数えろ
天才スリ・久遠はハイエナ記者火尻にその正体を気づかれてしまう。天才強盗四人組に最凶最悪のピンチ！

泉　ハナ
外資系オタク秘書
ハセガワノブコの華麗なる日常
恋愛も結婚も眼中にナシ！「人生のすべてをオタクな生活に捧げる」ノブコの胸アツ、時々バトルな日々！

泉　ハナ
外資系オタク秘書
ハセガワノブコの仁義なき戦い
恋愛・結婚・出世……華麗なるオタク生活に降りかかる〝人生の選択〟。ノブコは試練を乗り越えられるのか!?

泉　ハナ
外資系秘書ノブコの
オタク帝国の逆襲
愛するアニメのスピンオフ映画化が資金面で難航している。それを知ったノブコは……共感&感動必至の猛烈オタ活動!!

祥伝社文庫　今月の新刊

小路幸也
アシタノユキカタ
元高校教師、キャバクラ嬢、そして小学生女子。ワケアリ三人が行くおかしな二千キロの旅！

沢里裕二
悪女刑事《デカ》
押収品ごと輸送車が奪われた！　命を狙われたのは警察を裏から支配する女。彼女の運命は？

小杉健治
泡沫《うたかた》の義　風烈廻り与力・青柳剣一郎
襲われたのは全員悪人——真相を追う剣一郎の前に現われた凄惨な殺人剣の遣い手とは⁉

長谷川卓
雨燕《あまつばめ》　北町奉行所捕物控
己をも欺き続け、危うい断崖に生きる女の淡く純な恋。惚れ合う男女に凶賊の手が迫る！

稲田和浩
そんな夢をあともう少し
千住のおひろ花便り
「この里に身を沈めた女は幸福になっちゃいけないんですか」儚い夢追う遣り手おひろの物語。